青春的述说·90后校园文学精品选

高长梅　尹利华　主编

青春下的独白

斯文　著

九州出版社 JIUZHOUPRESS｜全国百佳图书出版单位

图书在版编目（CIP）数据

青春下的独白/斯文著. —北京：九州出版社, 2014.3（2021.7
重印）

（青春的述说：90后校园文学精品选 / 高长梅, 尹利华主编）

ISBN 978-7-5108-2770-9

Ⅰ.①青… Ⅱ.①斯… Ⅲ.①散文集–中国–当代②小说
集–中国–当代 Ⅳ.①I217.2

中国版本图书馆CIP数据核字（2014）第041903号

青春下的独白

作 者	斯文 著	
出版发行	九州出版社	
地 址	北京市西城区阜外大街甲35号（100037）	
发行电话	（010）68992190/3/5/6	
网 址	www.jiuzhoupress.com	
电子信箱	jiuzhou@jiuzhoupress.com	
印 刷	北京一鑫印务有限责任公司	
开 本	710毫米×1000毫米 16开	
印 张	8	
字 数	123千字	
版 次	2014年5月第1版	
印 次	2021年7月第5次印刷	
书 号	ISBN 978-7-5108-2770-9	
定 价	32.00元	

前言

随着中小学课程改革的进一步深入，我们欣喜地看到，许多学校的校长、教师对校园文学与课程建设、学校文化建设紧密关系的认识，上升到前所未有的高度。

有识之士认为，校园文学对于学生完善自我、陶冶心灵、挖掘情商、启迪智慧，培养想象力和创新精神，具有其他教育形式不可替代的作用。作为学校教育重要形式和载体的校园文学，在学校的课程中得到了充分体现，占有了一席之地。

我们更欣喜地看到，许多学校在校园文学作品进入阅读教材、校园文学创作融入写作教学等方面做了大量行之有效的探索。他们认为，阅读教材中引进校园文学作品，使阅读教学内容更加丰富、新颖，贴近学生的生活、思想和鉴赏兴趣。紧密联系校内外各种实践活动，创造契机，搭建平台，让学生适当进行课外的文学创作，使课内外写作结合，促进了写作教学改革。

正如《第三届全国校园文学研究高峰论坛宣言》所说的那样：校园文学走进课程，是语文学科建设和改革的重要抓手，有助于学生综合素质的培养、语文教学效率的提高、语文教师专业化水平的提升以及整个语文学科的改革发展。

这套 10 本校园文学作品集，作者都是 90 后，他们的生活、他们的思想、他们的情感，与现在的 90 后乃至 00 后读者是相通的。我们相信，这些作品会和这些读者产生共鸣，从而达到我们出版这套书的目的——为读者提供一套他们真正感兴趣的、接地气的作品。

目录

目录

第三辑　永远的祝福

目录

第一辑

毕 业 生

我的爷爷

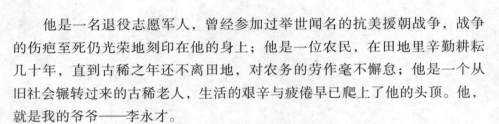

一

　　他是一名退役志愿军人，曾经参加过举世闻名的抗美援朝战争，战争的伤疤至死仍光荣地刻印在他的身上；他是一位农民，在田地里辛勤耕耘几十年，直到古稀之年还不离田地，对农务的劳作毫不懈怠；他是一个从旧社会辗转过来的古稀老人，生活的艰辛与疲倦早已爬上了他的头顶。他，就是我的爷爷——李永才。

　　小时候，我和姐姐最怕的人就是爷爷了。他的脾气很暴躁，经常动手打我和姐姐。那个时候小小的我和小小的姐姐都经常被他打得鼻青脸肿，直到现在我还清晰地记得当时他打我和姐姐的情景。那时我和姐姐犯个小错误就会吓得躲起来，因为我们知道，如果爷爷知道了，轻则吼骂一顿，重则拳打脚踢。当爷爷动手打我们的时候，奶奶就会出来挡在我们前面并且劝他不要再打了，说娃娃还小不懂事，犯个小错误是人之常情。可是爷爷不听，他认为他是这个家里的"老大"，想怎样就怎样，谁也管不了。我和姐姐在那时都将他看成一个"爆炸型"的人物，因为他就像一颗不定时炸弹，说什么时候爆炸就什么时候爆炸，恐怖至极。不仅我和姐姐怕他，奶奶、爸爸也都怕他，他的脾气真让人感到恐惧。不过随着时间的流逝，爷爷的脾气慢慢变得随和了，这我是知道的。首先，他不再动辄就打人骂人，而且还能和蔼待人；接着，他对我和姐姐的态度也慢慢变好了，我和姐姐也不怎么怕他了。他还经常和我们玩耍，说些和我们学习有关的东西。每当谈到我们的学习时，他就会说："你们现在读书多容易啊！想当年你们的爷爷哪有书读哦，还是后来参了军才接受教育的，可惜还只是初等教育！……"

二

看到爷爷的脾气越来越好，我和姐姐以及家人都非常高兴。其实最高兴的还是我和姐姐，因为我们不用害怕他再打我们了，而且还可以和他在一起闹着玩，只是玩的时候仍是心有余悸，生怕他"旧病复发"。有一次，我问爷爷："爷爷，我们小的时候，你为什么对我们又是打又是骂啊？"爷爷听后叹了口气，说："这都是从部队里带来的坏脾气啊！那时打仗，心里对敌人充满了仇恨，所以脾气总是暴躁无比，那时候把你们都当成大人看了，忘了你们是孩子，都是爷爷的错啊！不过现在我已经不那么坏了，我要改变自己，做个好爷爷，不要再做你们从前的坏爷爷了！"我听了之后，心里突然有点怜悯爷爷了。其实现在想想，爷爷的坏脾气也是从旧社会带过来的，早已经根深蒂固了，想要在短时间里改变也不是那么容易的。

改变后的爷爷对我和姐姐特别好。记得小时候我最爱玩玩具手枪，爸爸妈妈不肯给我买，他们心疼钱。我一个劲哭着要，可是没用。最后还是爷爷带着我去买玩具手枪。他给我买了好几把"555"牌手枪，那枪的威力实在是大，现在市场上早就没有卖的了。那时我高兴死了，心里对爷爷充满了感激。爷爷还教我部队里的军人怎样耍长枪，我们一老一少两个人站在院子里，每人手上拿着一根长棍，他站在前面耍，我在后面学，他耍累了之后总是扶着腰，气喘吁吁地说："不行了，老不耍，退步了，真是老了！"

第一辑 毕业生

三

　　我的爷爷是一个很有意思的老头。他经常感叹道："人的一生可真快呀！我还没来得及为社会做多少贡献呢！"每当听到他的这句话，我就会想起以前学过的一篇文章《三颗枸杞豆》里那个一辈子想做建筑师、作家、生物学家，最终却一事无成、追悔莫及的"三叔"。不过爷爷还好，因为有奶奶陪着他，否则他还真可能会患上老年痴呆症呢！我说过，爷爷和奶奶都是农民，我家院子的后面有许多自留田，他们两位老人将这些田地照顾得无微不至。他们给这些田浇水浇粪，从不懈怠。就因为有他们照顾着这些田地，才会使我们全家人能够吃到白菜、茄子、萝卜等新鲜的绿色蔬菜。

　　爷爷爱下象棋，经常与门口的一些老头一起下棋，有时也与我的外公一起下。可他下棋有个坏习惯，也许很多人都有这个坏习惯——悔棋。我不喜欢悔棋，我认为悔棋就是要别人给你一次重生的机会，这样即使你反败为胜了，也是胜之不武。我的外公是一个受过高等教育的人，当然不会与只受过初等教育的爷爷斤斤计较，所以爷爷最爱与外公下象棋。每当他们下棋的时候，我就会乖乖地站在一旁观看。一开始我是"观棋不语真君子"，后来我就开始蠢蠢欲动、指手画脚了。就这么看了两三年的时间，我的棋技已经很成熟了。我开始和爷爷下，开头总是败给他——没办法，"姜还是老的辣"嘛！后来我开始慢慢地赶过了他，经常赢他——这也是没办法的，因为"青出于蓝而胜于蓝"嘛！

　　爷爷不仅爱下象棋，还爱抽烟。前者是好事，后者却是坏事了。抽烟有害，这是众所周知的事情。当然，爷爷也心知肚明，可他就是戒不了——这是他的悲哀，也是全天下所有瘾君子的悲哀。爷爷也曾尝试着去戒烟，毕竟年纪大了，身体越来越差，再吸烟还受得了吗！爷爷抽烟经常咳嗽个不停，有一次咳得实在厉害，最后被送到了医院，到医院一查，是肺结核。经过及时的治疗，爷爷的病症终于给控制住了。爷爷出院后家人一致要求爷爷戒烟，迫于家人的压力，爷爷只好说自己尽量戒。以后的日子里，爷爷从每天的四根减少到两根，最后从两根减少到一根。每当爷爷忍不住要多抽时，奶奶总是极力劝阻，说抽烟有多么不好。爷爷一听，又极力地忍住了烟瘾。可没想到，尽管爷爷拼命地去戒烟，残酷的病魔还是没有因为他的努力而留下他……

四

　　一天中午，我像往常一样放学回家。可是到了家门口，突然看到墙上贴着矩形的白色纸条，上面用毛笔写着四个楷体字：李宅治丧。我感到意外，难道家里有人……我想我已经明白了发生了什么事情，只是一时无法接受而已，毕竟从我出生到现在家里都没有死过人。我走进家里，发现有很多人，熙熙攘攘的。爸爸正在与一些陌生人说些什么，看到我回来了什么话也没说，只是悲伤地望了我一眼，然后又继续做他的事了。我又看到了屋里的情景，只见屋子中间由两条长板凳支撑着一块木板，木板的下面有一个小碗，碗里点着一支蜡烛——据说这是冥间指引鬼魂的引路灯——木板上面躺着的是我亲爱的爷爷的遗体。和我平时在别人家看到的情景一样，爷爷遗体的旁边，奶奶和几位姑姑正哭得死去活来。三姑看到我回家了，走到我面前拽着我的衣袖哭着说："将啊！爷爷走了，我们再也看不到他了，他走了，永远地离开了……"我知道，我明白，我再也看不到爷爷了，我李将从现在起正式宣告没有爷爷了！可这一切对我来说都太突然了，我只知道爷爷在医院里看病，本以为他会像上次一样过几天就会好的，可没想到才几天爷爷就……我傻傻地看着眼前所发生的一切，没有人知道此时的我头脑里想的是什么。爷爷没了，可爷爷平时和我们在一起相处时的情景还在我的脑海里不停地萦绕，想到爷爷平时对我们的好，我的泪水又不争气地流了下来。尽管俗话说"男儿有泪不轻弹"，可是别忘了还有下面一句话——"只因未到伤心时"！

　　在爷爷的遗体送往殡仪馆的路上，我和父亲都笔直地站在灵车上。凛冽的寒风不停地袭来，脸像无数刀片划来似的疼痛。我想："爷爷，这是我们最后一次送你了……"到了殡仪馆，殡仪馆里的工作人员准备将爷爷的遗体送进焚烧炉的时候，三姑流着泪水将我的手放在爷爷的脸上，让我摸一摸爷爷的脸，她说你不摸以后就再也摸不到了。我摸了，爷爷的脸冰凉，如大理石般冰凉彻骨，一直凉到我的心扉，这时我的泪水又夺眶而出。看着爷爷被缓缓地推进焚烧炉，我的眼前浮现了爷爷平时的身影以及他的音容笑貌，耳边又回响起爷爷生前经常说的那句意味深长的话："人的一生可真快呀！我还没来得及为社会作多少贡献呢！……"

灰子

　　小时候我养过一条狗。当爸爸将它抱进家门的时候，它还是一个狗崽子，很小却很可爱，我很喜欢它。爸爸说它是一条狼狗，可我从它身上看不出狼狗的凶恶，也许是因为它还很小的缘故吧！它的毛软绵绵的，呈灰黄色，爸爸按照它的皮毛颜色给它起了个很可爱的名字——灰子！

　　灰子真的很可爱，每天在院子里蹦来蹦去。我最爱逗它玩，我喜欢抱起它，一只手托住它的屁股，然后紧抓住它的两条前腿，这样它就会发出"呜呜"的呻吟声。我也喜欢和它"比武"，我"欺负"它身材的矮小，通常都是它紧紧地咬住我的后脚跟，却从不咬伤我。每当我和灰子进行"比武"的时候，爷爷、奶奶都会坐在一旁笑着观看。因为院子很大，所以我和灰子能有足够的"擂台"进行比武。所谓"比武"，其实是我故意挑逗它，激起它的愤怒，然后它向我发起进攻。我们俩像电视上的演员比武一样，先摆好阵势，不过我们的比武纯粹是乱打一通，毫无招式。刚开始，基本上都是我胜利，灰子每次都被打得"狗血淋头"，落荒而逃。看到它被打败后情绪低落、耷拉着脑袋有气无力地呻吟时，我都会发出强者胜利的欢呼！

光阴似箭，日月如梭。很快，灰子渐渐地从一条不起眼的狗崽子长成一条强壮彪悍的大狼狗了。见到它威武庞大的身躯，爸爸妈妈与爷爷奶奶都有点担心，怕它会咬人。我也有点怕它，因为它小时候总是被我欺负，现在它长大了还不报复我？但是我错了，动物不像人，动物没有心机，动物是单纯而又忠诚的。灰子还是和小时候一样一如既往地和我玩耍。不过长大后的它可不比小时候的它了，长大后的它只要用两条后腿站起来就已经和我一样高了。在"比武"时，它也总是点到为止，不会伤害我——它的小主人！

长大后的灰子开始慢慢变得不安分。它开始与周围的狗交往，而且看上去还是"老大"。每当我在放学回家的路上时，总有一群野狗将我围得水泄不通，我很害怕。这时灰子就会冲出来，对着那些狗大声吼叫，那些狗一看到有一条凶猛强壮的大狼狗跑过来，吓得都跑开了。然后灰子就会为我开路，送我安全到家。那时我才明白一句话：狗是人类最忠诚的守护者。——这句话是多么的正确啊！

在我的记忆里，灰子几乎没闯过什么祸，只有一次，可我却明白那祸是我造成的，和灰子没有多大关系。那一天，我带好友雍淮阳到家里玩，雍淮阳到我家的时候灰子正在兴致勃勃地啃骨头。因为雍淮阳来我家已经多次了，所以我认为灰子是不会伤害他的——灰子只对生人大吼大叫。可雍淮阳还是被灰子的庞大身躯给震慑住了。也许是因为灰子在啃骨头，所以它对周围的每一个人都很敏感。大家都知道骨头是狗最爱的食物，也是狗的宝贝，有谁不爱自己的宝贝呢？当灰子发现了雍淮阳时，放下嘴里的骨头，两只眼"狗"视眈眈地盯着雍淮阳，似乎以为雍淮阳今天来是特地抢它心爱的骨头的。雍淮阳也很害怕，躲在我的身后。为了解除雍淮阳的畏惧，我故意走到灰子的面前捉弄它，以减弱它嚣张的气焰。我将它的骨头踢来踢去，我想它总不至于咬我吧！事实上我想的是对的，可也是错的，因为灰子确实没有咬我，可他竟将我身后的雍淮阳给狠狠地咬了一口，以至于雍淮阳的脚后跟留下了一排很深的狗牙印。最后雍淮阳不得不打一针狂犬疫苗以防得病，可是我至今不明白灰子为什么不咬我而去咬雍淮阳。

雍淮阳事件发生后，家人毅然决定将灰子用铁链套起来。妈妈说："是该套了，这么大的狗跑出去还不吓死人！"奶奶说："我们灰子是不咬人的，只是常常会吓吓生人罢了！"爷爷说："套一段时间就行了，不要老套着，这样不好，我们要人道一点。"姐姐说："快套吧！这么大的狼狗在家里乱窜，哪个客人还敢到家里来？"——姐姐因为灰子的缘故而不敢将同学带回家来玩，所以对灰子恨得咬牙切齿。最后爸爸表态说："既然大家都同意，那就套吧！"我没有发言权，因为雍淮阳事情的引起我是要负主要责任的。当灰子被父亲用无情的铁链套起来时，灰子发出了悲伤的呻吟声与急迫的求救声，然后它向我投来求助的目光，那意思好像在说："小主人，快救救我吧！"可我却无能为力。我很怪我自己，我对灰子充满了愧疚。从此灰子失去了自由。失去自由是多么的痛苦啊，人类早就体会到了这一点，又何况动物呢！

灰子被铁链锁住后，我经常去陪它。我会将它最爱吃的猪头肉带给它，安然地看着它狼吞虎咽着，这样会稍微减轻我心中的愧疚。

就这样过了将近半年的时间，灰子被释放了，它获得自由了。在它获得自由的那一天，我买了许多猪头肉给它，看它津津有味地吃着，我感到无比的幸福！释放后的灰子又像过去一样和门口邻居家的狗在一起玩耍。我在家里伏案写作业时，它都会待在我的身边，就算不在身边，我只要大喊一声它的名字，它听到后就会立即跑到我的身边，伸着血红的长舌头，听候我的命令。如果我摸摸它的头，它就会知道我的意思是要它陪我，那么它就会乖乖地趴在我的脚下，任凭外面"同伴"们的呼唤声狂叫不止也无动于衷。

灰子越来越强壮，越来越勇猛，这本是它的优点，可没想到却害了它。

有一段时间，我家门口的狗贩子越来越多。爸爸有点担忧地说："我看还是将灰子再套起来吧，如果被狗贩子用铁夹给夹走就糟了。"妈妈笑着说："它那么高大，那么彪悍，谁敢靠近它？躲都躲不急还敢碰它，真是笑话！"爸爸觉得有理，就没有将灰子重新套起来。当然我也坚决不同意将灰子套起来，因为我不想再让灰子失去自由了。有一天，一个狗贩子从我家门口路过时看到了趴在门口的灰子，便问妈妈："请问，这狗卖不卖？"我很恼怒，大叫不卖，边叫边抱住我的灰子，灰子也冲那狗贩子充满敌意地吼叫。妈妈毫不犹豫地回答："不卖！"那狗贩子不死心，又问："一百？——一百五？"妈妈又重复一遍："我说不卖就是不卖，你这人咋这样？"那狗贩子还不死心，仍死皮赖脸地问："两百！这是最高的价位了，再多也没有了。"妈妈不理睬他，将大门给紧紧地关了起来。然后我们露出胜利的笑容，我望着我的灰子，心想："灰子，我是不会将你卖掉的，不会的——永远不会！"

随着时间的流逝，我越来越离不开灰子，灰子也越来越离不开我了。不是有个成语叫"日久生情"吗？不是也有个成语叫"形影不离"吗？——就是形容我和灰子的。我每天上学它都会跟着我，一直尾随到学校门口，到了学校门口我就不让它进去了。放学的时候，它会早早地蹲在家门口等着我。当我的身影在巷口出现时，它就会从门口飞速地向我跑来，然后两条前腿扑在我的身上，用嘴舔着我的手。我会蹲下身来回地抚摸着它的额头，然后一起回家。有一天早上我去上学，灰子还是像往常一样一直尾随我到学校门口，然后对我摇摇尾巴就离开了，没想到这竟是我们的永别！中午我放学回到家的时候在门口竟没看到灰子，我想：它不知又跑到哪里疯去了！可到家里时母亲却说灰子从早上和我一起出去后就一直没有回来。当时听了母亲的话，我的整个脸都变白了。我有一种不祥的预感：灰子可能出事了！于是我们全家人都出动去找灰子。那天正下着毛毛细雨，我和母亲两个人撑着雨伞，找遍了整个小镇都没发现灰子的踪影。当我和母亲走到了小河边时，我问母亲："灰子是不是不小心掉进河里给淹死了？"母亲摸着我的头，苦笑着说："傻孩子，狗是会游泳的！"我想："灰子，你千万不能死啊，我还没和你合过影呢！"最后还是没有找到灰子。回到家后，我哭了整整一天一夜，将眼睛都给哭肿了。爸爸安慰我说过两天再给我买一条小狗回来，和灰子一样可爱，我哭着说我不要我不要，我只要灰子。爸爸妈妈没办法，只得任凭我哭。

过了几天，我才从同学那里得知，原来灰子真的是被狗贩子用铁夹夹走的。据那同学说，那天早上，她在上学的路上看到了一个狗贩子用铁夹将一条特别强壮的大狼狗给强硬地夹走了，那条狗拼尽全力进行反抗，可最后还是徒然。回到家，我问妈妈，狗贩子买狗干什么？妈妈说当然是卖给饭店让人宰了吃，怎么了？我听后，又大哭了一场。几年之后，我亲眼看到别人将一条活生生的狗在大庭广众之下给活剥屠宰，听着那条狗发出声嘶力竭的惨叫声时，我想灰子是不是也遭到了同样的噩运呢？当时我感到痛不欲生，我想人类真是一种无情而又残忍的动物，灰子有什么错误，要将它给杀害，还将它活剥，我面前的这条狗又有什么过错呢？冥冥中有一种声音回答我：

第一辑 毕业生

这是人的本性!

我曾经读过这样一个故事，说是在西伯利亚有个猎人，猎人有一条老猎狗和一个刚刚出世的婴儿。有一天猎人要出去打猎，可他不放心婴儿，于是他让他的老猎狗好好照顾婴儿。那条老猎狗非常通人性，它对着主人摇摇尾巴，意思是说它誓死

也会保护小主人的。猎人知道这条猎狗非常忠诚，因为这条猎狗已经跟了自己很长时间了，不知救过自己多少次性命，遂放心地出去了。可当他回来的时候，他却发现那条老猎狗正张着大嘴无力地趴在门口，满嘴都是鲜血，正在痛苦地呻吟。猎人这时立即想到了婴儿，他想婴儿一定被这条狗给吃了，否则怎么会满嘴都是鲜血呢？想到这里他愤怒地举起猎枪对着老猎狗的头颅就是一枪。枪声的突然想起，惊醒了屋内正在熟睡的婴儿，不断发出哭声。猎人很困惑，向屋里走去。当他走到婴儿摇篮旁边的时候，他发现了一条已经死去的大蟒。大蟒浑身上下都是鲜血，显然是在搏斗中死亡的。猎人看着大蟒，好像意识到什么似的，顿时热泪盈眶、泪如雨下。他跪在了被他用枪打死的老猎狗的尸体面前，做最真诚的忏悔……林清玄有一篇文章也是讲到狗的，文章里写了那个被主人抛弃而咬舌自尽的狗，也让我感动了半天。还有杰克·伦敦（Jack London）《野性的呼唤》（The Call of the Wild）里的那条最终"与狼共舞"的大狼狗巴克（Buck），都体现出了狗对人类的绝对忠诚！

好了，不写了，要掉泪了！灰子，愿你能在宅仁宽厚的地母的怀抱里好好地安息！

此刻，我的眼前又浮现出了从前每天放学时灰子向我跑来的情景……

毕业生

　　我们从这里起航／走向遥远的地方／当我们走向明天／又怎能把昨日遗忘／回首昨日／那郁郁葱葱的日子／有过青涩／也有过芬芳／更有的是／相遇、相识、相知／那瑰丽的宝藏／今天，我们流泪了／那可不是忧伤——是歌唱／今天，我们分别了／那可不是遗失——是珍藏

——汪国真《毕业》

　　当中考第三天下午最后一门考试结束的铃声响起时，我迅速地整理好笔具，然后大步流星地走出考场。走出考场后，我深深地吸了一口气，然后很平缓地将这口气给呼了出来。老舍说："考而不死是为神。"看来我真的要成神了，考完后出来竟然有胳膊有腿的，毫发无损。我抬头仰望苍穹，晴空万里、一碧如洗，一片云都没有，蔚蓝蔚蓝的。安妮宝贝说："天空的蓝是一种疾病。"今天的天空真的像是生病了，就和我的心情一样——照理说中考结束后应该很高兴、很愉快才对，可我却体会不出一点快乐，有的只是身心疲惫，想来中考前几个月暗无天日的生活已成为明日黄花，如今自己已经成为一名初中毕业生了，只是还差一张毕业证书而已。

　　那时我穿着一件白格子衬衫和一条直筒牛仔裤，站在市一中大门前的广场上。一中的广场显得格外的空旷，广场上的喇叭里放着时下最流行的歌曲——《吉祥三宝》。这首歌节奏欢快奔放，一家三口男音、女音、童音配合得天衣无缝，使人听了有一种轻松而又兴奋的感觉。我注视着从考场里陆续走出来的考生，有的笑容满面，有的愁眉苦脸，有的面无表情。可不管怎样，我想，现在终于考完了，一切都已定性，后悔也没有用。于是我扶了扶银白色的无边眼镜，这个动作是我从戴眼镜时就已经形成习惯的动作——不知道为什么，我总害怕它会突然掉下来，所以总会不断地扶正它，就像留着长发的漂亮女孩不管是在聊天或是在散步时总会理一理已经很飘逸的头发一样。

出来的考生越来越多，空旷的广场布满了人，慢慢变得充实起来，就像一个偌大的水池慢慢地被注满了水一样。我顺着人流向学校大门口走去，走到大门口时才发现学校大门口已经站满了人。因为学校不允许考生家长进入校园，所以他们只得站在大门口等着自己的子女。我默默地注视着这些考生的家长，发现他们殷切而又焦急的眼神在不断地搜索，我知道他们在等待自己的子女，这时他们并不是一味期望自己的子女在考试中能够考出多么好的成绩，而是希望他们能够尽快考完回来，仅此而已。我看着这些焦急等待着自己子女的父母，不由得想到了自己的父亲。我的父亲正在校门口的路边等我呢！于是我穿过熙攘的人群，在路边寻找我的父亲。寻觅了半天，我才发现他的身影——他推着一辆年代久远的凤凰牌自行车在路边的梧桐树下向我招手。我迅速地跑过去。他从我的手中接过笔袋，然后很关心地问："考完啦？"我想这是明知故问，不考完我就出来啦？但我还是很诚恳地回答他："考完了！"好像考不考完是由我决定似的。那天父亲穿着一件橘黄色的 T 恤，裤子是一条旧得已经褪了色的西装裤。父亲是个很怀旧的人，我知道他是经历过艰苦生活的，就是一条裤子破了个洞，他都要补起来再穿。现在想想，我们这一代可真幸福啊！

父亲拍拍车子的坐垫，对我说："上车吧！"于是我跳上了自行车，父亲载着我朝家的方向骑去。这让我想起了小时候，父亲就是这样天天载着我上学与回家的。那时我坐在自行车上，抬头仰望天空，心中洋溢着无比的幸福。每次正当我看得入迷的时候，父亲总会对我说："到了！"于是我跳下车，迅速向学校跑去，到了大门口，我总会举起小手对着他说："爸爸，再见！"父亲总会笑着回答："儿子，再见！"光阴似箭，很快我上了初中，开始自己骑自行车，却不能抬头仰望天空了。就在中考的前一天，父亲坚持要送我来考试，我不肯，想自己已经十五六岁了，还要父母陪考吗？但当我不经意瞥到父亲那微微发白的鬓发时，我的心一下子软了下来，想父亲为姐姐已经操劳了很久，自己还忍心违背他的意愿吗？于是勉强地同意让他接送我来中考。

不知不觉已经到家门口了。我到家的第一件事就是打开电脑，然后迅速地连上网络。因为要中考，我已经有好几个月没有碰电脑了。一打开电脑我就挂上了QQ，这时我发现张鑫也上QQ了。张鑫是我的同桌，我们玩得很好，他曾经说中考一结束就要泡在网吧里两天两夜，不知是真是假。张鑫的昵称是"倚天"，我的昵称是"剑英"，我们于是聊起来了——

剑英："在啊？"

倚天："你是谁啊？"

剑英："（满脸怒状）张鑫，你真不够意思，中考刚结束你就不认识我啦！"

倚天："哦，是将哥啊！行了，别烦我了！我要跳劲舞呢！要不要一起跳？——很好玩的！"

剑英："你除了知道劲舞还知道什么？"

倚天："还知道的多了，要你管！"

剑英："算了，现在都流行子女独立，大人都不管孩子，我也就不管你了——说正经的，你考得怎么样？"

倚天："就这样。你呢？"

剑英："我也不知道，就这样考完了。你知道吗，在考试的时候我还做了一首诗。"

倚天："什么诗？快读来听听，我最爱读你写的诗了！"

剑英："别急，我正在打。"

剑英："《考试小纪》：端坐考场不出声，埋头划笔似有闻。不敢抬头展眉目，甚恐涉嫌舞弊徒。监考老师巡回走，眼尖耳灵如猫鼠。一声铃响齐刷刷，作鸟兽散离考场。"

剑英："怎么样？"

倚天："还可以。"

剑英："那当然，我写的诗那是……"

倚天："不说了，我去玩劲舞团了。"

剑英（一脸愤怒与无奈）："喂……喂……"

第一辑 毕业生

………………

"这个张鑫，真是的，只知道玩！"我心里边想边打开音乐，放的是周杰伦的《轨迹》。这首歌是迄今为止周杰伦所有歌曲当中我最喜爱的一首。听着这首歌，那悲伤感人的旋律使我流下了伤心的泪水，我想我现在已经脱离集体了，泪水砸在键盘上，显得苍白无力。

大概在将近七月的时候，一天下午，我去学校查中考分数、拿毕业证书。我不知道我能考多少分，出现奇迹考的得特好也说不定。法国有句谚语说："奇迹是不会出现在不相信奇迹的人的身上的。"我是相信奇迹的，但不代表奇迹就会出现在我的身上。琢磨了半天，最后还是决定走到学校去，我怕骑自行车会早早到达那里，如果看到分数特别低，那会很难过的，所以我要尽量延迟这难过。于是我就不急不慢地走到学校。这天学校里的人特别多，因为今天来的学生都是来拿毕业证书的，辛辛苦苦忙了三年就是为了这一天，怎么能不来呢？我在校园里发现了许多同学，其中包括张鑫。我见到张鑫后就以 QQ 那件事臭骂了他一顿，他忙不迭地向我道歉，说他一进入网络游戏就失去了自我，并让我原谅他。然后我就真原谅了他，接下去我们一起去办公室查分数。办公室里的学生很多，只有一位年级主任在里面，其他老师都不在，包括我们的班主任。我们都大骂班主任，教了我们三年，到发毕业证书时竟然不在，大家都很气愤。

因为办公室里的人非常多，而办公室却非常小，所以想挤进去非常不容易。我挤了将近十几分钟才发现一个突破口，于是乘虚而入。到里面才发现年级主任已被围得水泄不通，大家争着报自己的准考证号。当我报出准考证号时，那年级主任迅速查了一下，说："527（总分 700），够上'普高'的分数了！"我的心一怔，那年级主任将毕业证书盖了章递给了我。拿了毕业证书的我又艰难地过五关斩六将似的挤出重重人围。挤出办公室后，我狠狠地吸了口气，想还可以，527 分已经很高了，比本校高中部的录取分数线已经高出整整一百分了。我揣着毕业证书向学校大门外走去，当我走出学校大门的时候，我想我已经是一个彻彻底底的毕业生了。天有点黑了，也有点冷了。不知怎的，我突然打了一个隆重的喷嚏，我想我要感冒了，这个喷嚏就是最好的证明。凛冽的寒风肆意地吹在我的身上，冷飕飕的，我顶着寒风往家走去。

那天是怎样走回家的已经不清楚了，只知道回到家的时候紧紧地揣着苦读了三年才拿到的毕业证书。大脑一片混沌，我想我发烧了，而且还很厉害。我艰难地举起手摸了摸额头，比想象中的还要烫。母亲在屋里惬意地看电视，她对我的成绩一点都不关心，她最爱做的事情就是打麻将、看电视和睡大觉。打麻将和看电视都是坐着的，睡觉是躺着的，因为长时间地坐着和躺着，人已经明显发胖了。

她知道我回来了，从屋里向外喊："回来啦！考的得怎么样？"我没有回答她，并不是我不想回答她，而是我已经没有力气回答她了，我的力气在走回家的路上都消耗殆尽了。我感到头很疼，于是缓步走到沙发前，然后坐在上面。沙发很舒服，软绵绵的，很有弹性。我想我要睡在上面，睡个一万年，像童话中的睡美人一样，不再醒来。于是我穿着衣服躺在沙发上，轻轻地闭上眼睛，耳朵里传来母亲不绝的询问声……

当我醒来的时候，我已经被人从沙发上转移到了床上。我慢慢地睁开双眼，只见母亲一脸不安地坐在床边，将那只爱打麻将的手紧紧地贴在我的额头，故作生气地说："你看你，这么大的人了还不知道注意身体……"母亲善意的责备声不断传来，而我已经被感动得快要流泪了。俗话说："男儿有泪不轻弹！"其实这是骗人的，"人非草木，孰能无情？"眼泪就是流露出感情的最好体现。我的眼泪毫不争气地流了下来，顺着脸颊一直流到耳根，最后将被褥都给沾湿了。我想我的母亲除了爱打麻将、看电视、睡觉之外，她最爱的其实还是我，是她的宝贝儿子。

母亲见我无故流泪，不高兴地说："哭什么，这么大的人，不害羞！"说着拿出手帕帮我擦眼泪。然后接着说，"你啊，生病了都不知道，快穿好衣服和我去医院看病！"于是我迅速穿好衣服，当我穿好衣服的时候，我突然想起了一样重要的东西，我左摸右摸摸不到。母亲见到笑着说："是不是找毕业证书啊，我已经收好了。你呀，睡觉都要抱着它，又没人跟你抢！"我笑笑，不说话。

到了医院，医生帮我量了体温，说我是发高烧，要挂三天的葡萄糖水，每天两瓶，然后又开了一些不知名目的退烧药给我。于是我就躺在那里挂水，母亲陪伴着我，寸步不离。有时候我感觉挂水很浪费时间，一瓶葡萄糖水要挂一个多小时才能结束，真的很无聊，干脆喝下去算了，那多爽快啊！为了消磨时间，我让母亲从家里带了几本小说给我读。在临近中考的一段日子里，我都是偷偷摸摸地看书。母亲不让我看，怕影响学习。而现在我中考结束了，可以光明正大地看了。于是我如饥似渴地读着这些书，用高尔基的话来说，像是一个饿汉扑在面包上。不过我读书也很有原则，只读名著和纯文学，其他种类的书一般不读，特别是那些流行的畅销书和网络小说，如侦探、玄幻、穿越等小说，更不爱读。

时间过得很快，三天一晃就过去了，就像三年转眼就过去了一样。在我拿到毕业证书的第六天，王振扬来找我玩了。王振扬是我的邻居，也是我的挚友，我们小时候就在一起穿着开裆裤满地跑。后来上幼儿园在一起，上小学又是同班同学，但在上初中时我们分开了。我们的关系特别好，鲁迅说："人生得一知己足矣，斯世当以同怀视之！"我有了他这个知己，一辈子就无憾了。后来我在长篇回忆性散文《我们仨》里也写了他，写了我们的故事。

那天一大早王振扬跑到我家喊我玩，当时我还懒洋洋地躺在床上，享受着早晨的太阳照在屁股上的舒适。当我看到王振扬活蹦乱跳地站在我的床前并用他那肥硕的身材把我那舒适的阳光挡住时，我便眯着眼睛责怪他怎么到现在才来找我玩。他说没办法，一放假就泡在网吧里，很长时间没玩心里痒啊！各位看吧，又是一个十足的网虫！于是我穿好衣服洗脸刷牙，吃过早饭，然后问他去哪里玩。他思虑了很长时间，想不出去哪里玩，我也想不出。在上学的时候我们天天想着放假，可真的放假的时候又不知道该干什么，这是最痛苦的事。想了半天，最后王振扬提议去新建成的钵池山公园爬山。母亲听了大为赞成，她说："你的身体这么差就是因为老不运动，俗话说：生命在于运动。多运动运动对身体是极有好处的！"没办法，母命难违，而且还是出于关心，我不得不服从，于是决定和王振扬一起去钵池山公园登山。

中午我们到达钵池山公园。钵池山公园面积很大，据有关介绍说，钵池山是现今全国最大的假山，是全省十三个市共同建造的，有四十多米高，整个公园占地达几万公顷，不知是真是假。我和王振扬背着水壶向深山走去，途中不断地遇到外国人。我的英语不好，遇到这些老外就胆怯，不敢和他们说英语；可没想到有两个外国人竟和我们说汉语。——这年头，学生都被逼着学英语，目的就是为了有朝一日能在大街上光荣地与外国人交流，可是真的遇到外国人时，却发现人家都是学了汉语才到中国来的，根本不和你用英语交流，这真是一件让人很郁闷的事情。和我们说汉语的是两个"外国"小姑娘，她们用生硬而呆板的口音讲着中文，虽然讲得生硬呆板却又很洪亮、很清晰。我和王振扬也向她们打招呼，然后大家说好一起登山，比比谁先爬到山顶。

　　于是我们四人走到一座小山脚下，我和王振扬一组，两位"外国"小姑娘一组。我喊出预备，然后大家开始一起向山顶爬去。本以为她们是女流之辈，不会有我们男孩子爬得快，可谁知她们却不甘示弱，经常爬到我们前面，可谓"巾帼不让须眉"。更令人气愤的是王振扬受那肥胖身体的拖累，爬不快。我拉着王振扬的膀臂，激励他说："胖胖，我们可千万不能输啊！我们代表的是中国，一旦输了就给我们伟大的祖国丢脸了，所以我们一定要赢，我们要给中国争气！"王振扬一听这话，爱国情怀油然而生，坚定地点了点头。于是我们拼命地往上爬，小小的一座假山没想到也够我们一呛。我小时候有个梦想，就是有朝一日能够登上泰山山顶看日出，不过现在想想是不太可能的了，因为我没有那毅力能够爬到山顶。最后我们四人几乎是同时到达山顶，因为我们互相帮助，你拉我一把，我拉他一把，所以才会一起到达山顶。山顶不大，也没有多少人。我们将身上的背包拿下来，取出矿泉水，一口气喝了大半瓶，然后欣赏山顶的美好景色。因为我们达到山顶时已经渐近黄昏，所以我们只能看到日落。我们躺在山顶上，彼此说话。我问外国姑娘多大了，她们说十六岁。我和王振扬很惊讶，异口同声道："那你们初中毕业了吗？"她们笑着说："毕业啦！毕业啦！今年刚毕业。"我问："那你们初中学习苦吗？"我刚说完，王振扬就冲着我喊道："傻瓜，人家是外国，哪有我们中国的学生苦！"我想想也是，中国的学生是全世界最苦的。可外国姑娘却说她们也很苦，和我们一样的苦。后来我们聊了很多，我和王振扬知道了她们的名字，还知道了她们在小时候就已经学习汉语了……

　　时间过得很快，夕阳渐渐西下，王振扬提议我们对着山谷大声说出我们想要说出的话，并问好不好。我们都很赞同。王振扬第一个，他面朝着山谷，两手合成椭圆形围在嘴巴上，放声大叫道："我们……毕业……啦！"外国姑娘也一个一个陆续走上去，用生硬却热情的嗓音喊道："我们……毕业……啦！"他们的回声在山谷里萦绕婉转、荡气回肠。于是我也走了上去，声嘶力竭地喊道："我们……毕业……啦！"当我叫完时，我发现我已经泪流满面了——是的，我们毕业了，我们都已经是毕业生了！

我们四人站在山顶上，共同望着前方。不远的天边，夕阳西下，一抹残霞正在渐渐消逝……

我们仨

有些东西只有在失去以后，我们才会意识到它们的无比珍贵。

——题记

我们仨，王振扬、雍淮阳、李将。

我们仨是极好的朋友！

是啊！我们是朋友，而且不是普通意义的朋友，是极好的朋友！有时甚至"极好"这个词形容得都未必尽然——我们都开始称兄道弟了！我们仨从小学一年级就开始交往，到现在初中毕业已将近十年。十年啊！人的一生能有几个十年？我的童年与少年生活就与他们一起度过了。在这十年里，我们有过快乐，也有过忧伤，有过团结，也有过矛盾，有过默契，也有过隔阂。十年里，我们发生了很多鲜为人知的故事！在这里，我只能写出我印象最深刻的几件事。

首先要向大家介绍的是王振扬。此公乃是《礼记·大学》中所形容的那种"心宽体胖"型的人物。他身材奇胖无比，一顿能吃十个鸡腿或十五个汉堡或二十个肉包子。以前我和雍淮阳经常不怀好意地打趣他，说他长大后的理想肯定是成为日本的一个超级相扑，而他那满是赘肉的方脸总是傻傻一笑，以示回答。说到方脸，我就想到我们三个人可真是个个不同：论脸型，王振扬是方脸，我是长脸，雍淮阳是圆脸；论眼状，王振扬的眼睛小得能眯成一条直线，我的眼睛不大不小整整好，而雍淮阳的眼睛则大如铜钱，炯炯有神；论身高，是我最高，王振扬不高不矮，而雍淮阳则相对较矮；论胖瘦，首屈一指王振扬最胖，我不胖不瘦，正是"增之一分则嫌胖，减之一分则嫌瘦"，而雍淮阳则显示出瘦小的样子。我想，如果随便拉一个人过来指出我们身上的共同之处，恐怕他是很难找出的，因为唯一的共同之处就是——我们都是男孩！

我是在很小的时候就认识王振扬的，具体是怎么认识的，现在已经记得不怎么清楚了，反正并非我们是邻居的缘故。尽管小的时候我们都可以穿着开裆裤满地跑，但那只能是在家里，家的外面对我们来说就像是笼中的小鸟眼中笼外的花花世界，遥不可知，所以那时我根本不会认识这位同龄小邻居。我想我们一定是在上小学的时候认识的，因为我和王振扬、雍淮阳是在同一个学校，同一个班级上的小学。正因为如此，我和王振扬成为同学后，我发现他待人很和睦，人也憨厚老实，还能团结同学，又发现我们是邻居，所以很玩得来。大家每天一起上学，一起回家，时间长了，慢慢产生了友谊，王振扬就成了我最好的朋友。

上小学的时候，我和王振扬都是不折不扣的书迷。有所不同的是，王振扬爱看武侠小说，像金庸、倪匡、梁羽生等人的武侠小说，而我却爱看纯文学，像鲁迅、老舍、钱钟书等人的书，尽管不怎么看得懂。那时候我们认识的字不多，却嗜书如命，一有空闲就看书，所以在小学快毕业的时候，我在王振扬的同学录上根据他的这个爱好写了几首诗送给他，如：

第一辑 毕业生

读书郎

少年振扬读书郎，爱看武侠甚猖狂。

若与金庸来相见，自此文坛不彷徨。

还有写我们之间的情谊的：

兄弟

自从盘古开天地，世间就有兄和弟。

天若为兄地为弟，我就是天你是地。

兄弟兄弟真情谊，有我有你有天地。

今生今世不离弃，来世再来做兄弟。

不仅有古体诗，还有现代诗：

> 如果你是一本杂志 / 赏心悦目的封面 / 我便是这本杂志 / 深沉浑厚的封底 / 那中间厚厚的 / 是我俩的故事 / 写满了我们的 / 忧愁、欢乐、追寻、希冀 / 我们亲密地连在一起 / 这些故事是那样诱人 / 如果我们一旦分离了 / 诱人的故事 / 便会降价处理
>
> ——《两个人的故事》

以上三首诗前两首是古体诗，都是我一时信笔而写的，最后一首现代诗是汪国真的，我觉得挺适合我和王振扬的，于是就誊了上去。

在小学六年的时间里，我和王振扬几乎没有发生什么矛盾与误会，反正在我的印象当中没有。不仅没有发生矛盾，关系还好得不得了。记得我过十岁生日时在同学当中就独请了他，他过十岁生日时也独请了我这一个同学，我俩关系好的程度由此可窥一斑！

不仅如此，我和王振扬还在很小的时候就已经结为异姓兄弟了，现在想想那时候的我们可真是天真可爱！记得有一天我去他家玩耍，突然看到一个陶瓷观音像，我心血来潮、突发奇想，开玩笑地对王振扬说："胖胖，既然我们这么玩得来，不如结拜成异姓兄弟怎么样？"王振扬一听，喜之不

尽，唯唯附和，极力赞同。于是我们每人手捧三枝香，一齐跪在陶瓷观音像前。我首先严肃地说："我李将从今天开始与王振扬拜为异性兄弟，不求同年同月同日生，但求同年同月同日死，有福同享，有难同当！"我说完后王振扬也照我说的重复了一遍。拜完后，我猛然想起一件事，对王振扬说："照程序，我们是要喝血酒的（武侠小说看得多了）。"王振扬怕疼，只得作罢，最后葡萄酒取而代之。就这样，一幅二十一世纪的桃园三结义画面重新展现了，只不过少了一个主人公而已！

对于王振扬，还有一件事给我的印象挺深刻的。那大约是在小学三年级放暑假的时候，一天下午，我和王振扬出去打游戏机，傍晚回家的时候，突然下起了小雨，我们两个惊恐至极，拼命往家跑。我身轻如燕，健步如飞，一溜烟似的跑了老远，可再当我调头看时，王振扬还在后面拖着沉重的身子慢慢跑——没办法，谁让他平时不少吃些！正当我要叫他，想让他跑快些时，我发现他一脸忧虑，脸上的水不知是雨水还是泪水，抑或两者混而合之。他边跑边担心地说："完了，衣服又湿了，回家定会被妈妈骂的！"在王家，王母是最严厉的人，王振扬和王父都最怕王母，他们都"同是天涯沦落人"，所以他们父子俩的关系最好。俗话说"严父慈母"，他家却是"严母慈父"，有点阴盛阳衰的味道。于是一路上我安慰他，说他妈一定会原谅他的，其实他只不过穿了一件衬衫和一条大裤头，淋湿也没多大关系。虽然事隔这么多年，但当时王振扬在雨中的情景，我至今记忆犹新。可惜好景不长，小学六年的愉快时光很快就过去了。我们上了不同的初中，于是我便暂时失去了最好的朋友。尽管说我们两家离得很近，可整日被学习困扰，哪有机会一聚？当时我的内心挺惆怅的。

与雍淮阳认识无疑也是在上小学时，当时他给我的第一印象就是那对眼睛，炯炯有神、奇大无比。刚接触时，我发现他这个人自私、小气、固执、倔强，因为我们是同学，后来他又发现我们是邻居，于是一有空就跑到我家来玩，我却不好将他拒之门外，只得陪他玩。有时我们也去找王振扬玩（基本上与王振扬在一起的时间比较长）。我们在一起经常玩扑克牌，我喜欢玩"五、十、K"，而雍淮阳喜欢玩"跑得快"。有一次我与雍淮阳争吵起来，最后我们一起说出各自要玩的牌的理由，看谁多谁就赢。一般都是我赢，可雍淮阳耍胡赖，最后都是王振扬做"和事佬"出来调解，他说不如一起玩"斗地主"吧？我和雍淮阳都扑哧地笑了起来，不约而同、异口同声地喊道："你那么胖，一看就是当地主的命！"

另外一次，我们仨一起去街上玩，可到了路边挂车处，雍淮阳突然说："李将，王振扬，这次的挂车费该你们付了，上次就是我一个人付的。"听了他的话，我和王振扬都差点气晕，同时又佩服他的记忆力超群。记得上次一起来城里还是半年前的事，更令人惊讶的是他连挂车费是谁付的都记得一清二楚。我很生气，可王振扬都叫我忍让雍淮阳。雍淮阳就是这样一个对一点小事都斤斤计较、耿耿于怀的人，任何人都别想占到他的一点便宜。我说过我和王振扬之间十年来基本没有发生过矛盾，可和雍淮阳之间却矛盾重重。有时候为了买个东西，有时候为了一个话题彼此间争吵得面红耳赤，有时候为了下棋或者打游戏而有所争执，有时候我根本就忍受不了他，在相当一段时间内就不理他，可过一段时间我们又重归于好了。

当然，瑕不掩瑜，雍淮阳也是有很多优点的。从学习下象棋这一件事上可以看出。小的时候，受爷爷的熏陶，我疯狂地爱上了象棋。七岁的时候就能和大人对弈，十岁的时候就已经经常下赢我爷爷了，可以说在同龄人当中是"打遍全镇无敌手"。可随着年龄的增长，我对象棋渐渐失去了兴趣，而雍淮阳却对象棋产生了浓厚的兴趣，于是他找我教他下象棋。一开始我教他一些下象棋的基本常识，他懂得后竟要和我班门弄斧，我想，就你那一点棋技还敢和我下，真是笑死人了！雍淮阳在开始时盘盘输给我，这是很正常也是在我的意料之中的。可是日积月累，他的棋技进步得越来越快，可以说是三天一小步，五天一大步，用一个词来形容，那就是"突飞猛进"。半年不到，我就下不过他了，只是偶尔赢他一两盘。雍淮阳对陌生事物的接受能力如此之强，令我咋舌，从这里也可以找出我的学习成绩不如他的原因。

雍淮阳不仅对新事物的接受能力强，他的论辩力也很强，口才极好。记得上小学的时候，老师讲《两小儿辩日》，我说其实太阳与地球的距离是不变的，它静止不动地固定在一点，是恒定不动的。雍淮阳立即辩证说太阳并不固定在一点，它是动的，只不过是自转而已。可我当时不信其言，与他争吵不休，后来我才知道他是对的。对于雍淮阳来说，只要是他认为是对的，他就会费尽全身力气与你争辩，一直到你信服为止。这与他的父母从小对他的教育有关，雍淮阳在家是独生子，他父母难免对他溺爱。

记得有一次是在期末考试结束后的一天早晨，我们准备去学校拿成绩报告单。当我和王振扬到雍淮阳家喊他的时候，发现他正在和他的父母闹重量级的矛盾。后来我和王振扬才弄明原委，原来雍淮阳的父母要他穿一件衣服，可他死活不肯穿。最后一家人僵在了那里。雍淮阳的父母气得脸煞白，只差要宣布断绝父子母子关系了。雍淮阳也气得赖在家里不肯上学。他的父母无奈，只得央我们帮雍淮阳拿成绩报告单。当我们将雍淮阳的成绩报告单带到他家并告诉他的父母说雍淮阳被评为"三好学生"时，我们看见雍淮阳的父母高兴得简直合不拢嘴，逢人便夸自己儿子怎么怎么好，赞赏之情，溢于言表，至于早上的事情则绝口不提。由此可见，因为他的成绩一直很好，所以当他与父母犟嘴时，做父母的也不好说他，而且雍淮阳对任何事都有自己的观点与见解。我与雍淮阳相处已有将近十年了，别人只会看到他的缺点，可只有我与王振扬才能了解他，承受他。雍淮阳的成绩一直是我们三人之中最好的，他初中考上了全区最好的中学，中考又不出意外地考上了区里最好的高中，他在学习上一直领先于我和王振扬啊！

　　我们三个人生活的地方是一个小镇。小镇的后面有一片广袤无垠的田原。我们三个人小时候最喜欢去那里玩，我们会在那里放风筝，捉迷藏，一直玩到夕阳西下。玩累的时候，我们就会停下来休息，王振扬经常会躺在坟上（是用水泥铺成的棺材型坟墓）。我和雍淮阳都会问王振扬，不怕夜里做梦鬼来吃他吗？王振扬总是笑呵呵地回答："没事，我这么胖，鬼想吃还吞不下呢！"这时我和雍淮阳又会哈哈大笑。那个时候我们玩耍得最开心，可现在再当我来到那片田地时，我已经看不到那三个天真烂漫的男孩互相追逐、打闹的情景了。

　　初中以后，我独自一人在一所中学读书。因为性格孤僻，我与同学们并不怎么合群，我感到很孤单。在我孤单的时候我就会想起在其他地方上学的王振扬和雍淮阳，每次想起他们，我都会在心底默默地问道："振扬、淮阳，你们过得还好吗？"这时我就会想起小时候——

　　想起小时候，我们三个人一起抓龙虾，拍画片，踢足球，滚玻璃球；

　　一起放学后在学校的门口小摊上吃黄澄澄的热山芋；

　　一起在大年初一早上跑到空荡荡的大街上打玩具手枪玩；

　　一起讨论深奥的数学题目，并为各自的结果争论得面红耳赤；

　　一起躲在游戏厅的某个阴暗角落里满怀激情地打着游戏机；

一起聚在某一家的卧室里兴致勃勃、津津有味地看着我们最爱看的动画片奥特曼系列;

一起在傍晚的时候到我家后面的凹凸不平的田地里放风筝,累了就一起躺在草地上休息,并且一起数着田头如小馒头似的坟墓!

那时候我想,我们仨的友谊之花是永远不会凋谢的,即使落败了,到第二年的春天也会重新盛开的。

我们仨的友谊是多么的珍贵啊!

如今我们都长大了,都懂事了。可我发现我们不可能再像小时候那样推心置腹了,尽管我们都想尽量找回小时候的友谊。每当我们在上学或放学的路上邂逅时,也只是谈谈学习,然后一起抱怨学习的紧张与痛苦,其他就不知道该说些什么了。我想我们不可能再想小时候那样相处了,因为我们都长大了,再也不是小孩子了。有时候我真希望我们永远都长不大,就像德国作家君特·格拉斯(Günter Grass)写的《铁皮鼓》(The Tin Drum)里面的小主人公奥斯卡(Oscar),永远长不大,永远是小孩子啊!

现在我们都上了高中。记得在初三暑假期间的一天傍晚,我突然想起好长时间没与王振扬和雍淮阳在一起了。于是先到王振扬家叫王振扬,然后又到雍淮阳家喊他一起出去吃米线。离开了雍淮阳家,我们一起向大路边的小吃部走去。那天傍晚的晚霞很美,红彤彤地照射在平坦而又光滑的大路上——我真的很高兴能约他们一起出来!我将头转向雍淮阳想和他讲话,可我发现他的心情好像很沉重似的,无精打采——是啊!这么多年来雍淮阳虽然学习这么刻苦,可他并没感到多少快乐,反而使他变得越来越孤僻,越来越离群了。于是我又将头转向王振扬,从他的眼神中我也看到了他沉重的心情,因为他的父母决定不让他上高中了,想让他外出打工。他不愿意,苦苦哀求他的父母,他的父母才勉强同意。可他又不知道他的高中生活能有多长时间,说不定半途就会辍学。我看着他们现在的情景,又想到我们三个人小时候无牵无挂、阳光灿烂、形影不离、热火朝天的愉快生活,不禁黯然伤感,顿时令我想起了三毛的一首诗《梦里花落知多少》:

记得当时年纪小，
你爱谈天，我爱笑。
有一回并肩坐在桃树下，
风在林梢鸟儿在叫。
我们不知怎样睡着了，
梦里花落知多少？

平坦广阔的大路上，来来往往的人群中，心情沉重的只有我们仨，王振扬、雍淮阳、李将……

第二辑

为文学打开一扇窗

寒窗十二载

——恩师回眸

一切教育的最终目的是形成人格。

——杜威

教师不仅是知识的传播者，而且是模范。

——布鲁纳

使学生对教师尊敬的唯一源泉在于教师的德和才。

——爱因斯坦

成功的教学所需要的不是强制，而是激发学生的欲望。

——列夫·托尔斯泰

幼儿篇

幼儿生活，星光灿烂；

美好时光，一片短暂。

　　一九九四年盛夏，一无所知、满脸幼稚的我进入了一所离家不远的私人幼儿园，名曰"朝阳"。至今我还不知道朝阳的"朝"是读"Zhao"还是"Chao"，前者吧，可以将幼儿园的小孩比喻成早晨的太阳，朝气蓬勃、灿烂耀目；后者吧，可以理解成幼儿园的小孩子面朝着太阳，向往着光明，迎接着温暖。所以当有人问我幼儿园是在哪里上时，我或者说朝（Zhao）阳，或者说朝（Chao）阳，或者干脆直接说不知道，几种答案不一而足、莫衷一是。

　　朝阳幼儿园的房屋不多，院子蛮大的。院子里展放着各种各样供应小孩子玩耍的器具，有滑梯、蹦床、跷跷板、秋千……幼儿园里的老师也是屈指可数，只有三四位。给我印象最深的只有两位，一位是刘媛刘老师，是个小姑娘，很年轻，只有二十来岁，蓄着短发，圆脸，爱穿一件浅蓝色带花样的裙子。刘老师为人和蔼可亲、温柔和顺，从不打骂孩子，孩子们也都非常喜欢她，把她当妈妈看待。记得有一天，雪下得特别大，积雪有数尺，我以顽强的毅力举着艰难的脚步独自一人走到幼儿园。到了那里我大失所望，因为来的孩子寥寥无几。尽管到来的只有几位同学，刘老师也没让我们闲着。她兴高采烈地讲故事给我们听，她讲的是那么娓娓动听、栩栩如生。我敢说她是我见过的会讲故事的人中讲得最精彩的。只可惜她只教了我们一年半就意外地嫁到北京去了。——我至今怀念她！

另一位就是陆清陆老师了。陆老师大概四五十岁，个子不高，皮肤略黑，嘴角有一颗黑痣。陆老师不仅是我们的老师，还是我们幼儿园的园长。我说过朝阳幼儿园是私人幼儿园，其实就是她开的。陆老师这个人办事很有计划也很有原则。她威而不怒、严而不厉，备受孩子们的爱戴。陆老师有一套很独特的培养孩子的办法。我记得那时候她让我们每天中午一到幼儿园里就要先写两页毛笔字，我清楚地记得她经常让我们写的是"永"字。一开始我不明白她为什么总让我们写"永"字。后来我在读丰子恺先生的文章《书法略说》时才知道，原来书法用笔有"永字八法"之说，一个永字含有用笔的八种方法，它们分别为"侧、勒、努、趯、策、掠、啄、磔"，学好了这个字的用笔，别的一切字都写得好了。为此，书圣王羲之曾花费十五年的功夫去练这个字。由此可见，陆老师对我们真是用心良苦啊！当时我写得很认真，笔笔遒劲，尽管写得未必好看，但都是很用心写的。不仅如此，她还培养我们的动手能力。她经常拿出许多干面出来，和上水，让我们捏动物玩。我记得我最拿手的就是捏蛇，先用两手搓成一个长长的横条子，一头粗一头细，再用一些干面揉成一个小团，粘在两头中较粗的一头，这样一条小蛇就捏成功了。当然，其他同学捏的就更好看了，各种动物形态迥异、姿态万千，让我羡慕死了。我觉得陆老师是我见过的幼儿园老师中最会教育、培养孩子的人了。

幼儿园生活是我一生中最愉快的生活。现在已步入少年的我是多么的怀念那段无拘无束、无忧无虑、无牵无挂的美好时光啊！只可惜那段美好的时光一去再也不复返了！

小学篇

小学生活，快乐朦胧；
手枪画片，其乐无穷。

　　小学我是在离家不远的河下小学上的。河下小学的面积很大，房屋都是一层瓦房，没有楼房。学校门口有一棵高大的皂荚树，粗壮挺拔，是这个学校历史悠久的重要见证。

　　教我小学一至二年级语文的是刘阿娣刘老师，教我数学的是宋云芳宋老师。刘老师这个人我认为很有意思，她大概四十几岁，略胖，好生气——没办法，更年期的女人通常都是脾气比较坏的。当时她教我们汉语拼音和生字词。记得有一次教我们"铇"字，然后又将形近字"刑"写出来，指出两字的差别，最后再让我们将两字每字抄写五十遍。当时我认为一个字只要会写就行了，用不着写那么多遍，没办法，师命难违。于是乱写一通，写着写着两字就成了一个字——"铏"。她改作业时发现了，顿时火冒三丈，狠狠地在我的头上砸下了两个"爆栗子"，然后指着"铏"字对我说："你可真会创字，世间哪有这个字，真是老教条，花岗岩头脑！"当时我们年纪较小，不知教条、花岗岩为何物，而教条、花岗岩等词语又是她的口头禅，常出入她之口，所以我们经常被骂得莫名其妙、糊里糊涂。但想不到的是，七八年后我在一本小说里无意间发现了"铏"字，想起小时候的教训，真是一阵惆怅。再翻翻《现代汉语词典》一看，没想到还真有"铏"这个字。想来刘老师教了学生一辈子汉字，却不知道汉字中有这么一个字，真是可悲！后来想想觉得也不能怪她，她教的字永远是那些字，固定不变，我们的小学语文课本十几年都是一个样，刘老师就很少涉及课本以外的字，所以她不认识这个字是很正常的。还有一次，我花了中午几个小时的时间完成了十几页老师布置的单词填空，每个字我都一笔一画、认认真真、一丝不苟、工工整整地完成，满以为大"优"在望，不料作业本发下时一看，只是一个普普通通的"良"。刘老师彻底地伤透了我的心，也大大地打消了我的学习积极性。从此我写字不再认真，潦潦草草地完成，只求速率，不求效率。

更可笑的是有一次改作业。刘老师和隔壁班的女老师边聊天边改作业，我们排队将作业本拿到她的面前改。我写得很胡，一阵担忧，生怕刘老师批评。再瞥一下前面同学蒋成龙写的字，龙飞凤舞，狂绕无律，往往两个字能拼成一个字，直令中国历史上最著名的狂草家眼红不已。等他改完回来的时候，我看了一下他的作业本，大大方方的一个钩，量足肥美，底下是偌大的一个"优"。再等到改我作业本时，我发现她连看都不看，只顾与隔壁班老师兴高采烈地聊天，信手画了个"优"。——唉！这个刘老师，我认真写的时候只画了个"良"，乱写一通时却画了个"优"，恐怕画优画良是凭她心情的好坏来决定的，可真是不负责任啊！

教我们数学的宋老师个子不高，是我们的班主任，约三十岁光景，爱笑，笑起来一排白牙闪闪发光。有一次她给我们布置作业，有一道数学计算题的答案是"十四元"，我们都写十四元，可宋老师非要和我们咬文嚼字，说差个"钱"字，其实两者之间没什么区别，她偏说我们错，我们都在底下大骂她太吹毛求疵了。也就是在二年级，她让我做了体育班委，让我没想到的是，这一做就做了整整七年！从小学二年级一直到初中二年级，连续七年做体育班委，恐怕整个市里也就我一个吧！

三年级教我语文的是谢伏龙谢老师。谢老师是我们学校政教处主任，所以我们通常又都叫他谢主任。谢主任四十几岁，爱抽烟，经常喝的得醉醺醺的，所教的内容也都是从教案上摘抄下来的，平淡无奇。他最爱评改学生的作文，每次上作文课，我总是第一个将作文给写好了，然后交给他评改。他总是抽着烟，然后指点我哪里句子不通顺，哪里用词不当。在指点我的时候，他将嘴里的烟拿下，然后狠狠地将嘴里的烟气吐出，那烟气难闻无比。我为了得到他的指点，不得不忍受之。教我数学的老师让我想都想不到，竟是陆清老师。后来我才知道她不开幼儿园了，她一心想教小学，终于等到机会了——河下小学缺一个数学老师，她就来了。其实我早就看出陆老师不一般，蛟龙非池中之物，她是不甘心默默地待在幼儿园的，尽管她已经五十几岁了，可她还是要教几年小学才肯罢休。后来她退休了，我在上学的路上经常碰到她，彼此间打个招呼，笑一笑，匆匆而过，甚是和睦，师生之情，于斯可见！

教我四年级语文的是朱丛林朱老师，他是我外祖父的学生。开学第一天他就大发牢骚，说我们班怎么不好怎么差劲云云。后来我和周飞、郭荣波被他荣称为班级的三把手——神枪手、机枪手、步枪手。因为他上语文课时总是我们三个人积极回答他的问题。但他的脾气有时是很坏的，往往一发火就吓得我们个个正襟危坐，连脚都不敢动一下。数学老师是徐晓琴徐老师，徐老师将近六十岁了，临近退休，却不肯走，工作尽心尽职，性情温和，对学生很关心，学生们也极喜欢她，舍不得她退休。

　　五年级的语文老师是赵红建赵老师。赵老师二十几岁，个子很高，好打篮球，也很会开玩笑。记得有一次期末考试结束，我去学校查询分数，正好看到他。他劈头就冲我一吼："好你个李将，语文考那么差也敢来看分数！"我一听，吓了一跳，浑身鸡皮疙瘩，想这次完了。再一查分数，九十几分，不仅没考差，还名列前茅呢！——原来赵老师是在和我开玩笑，不过这个玩笑可真开大了。还有一次我写了一篇作文，讲的是个关于一只勇敢的小兔子的童话故事。赵老师读后极为赞赏，并且在班级里全文朗诵出来，使得我为此开心了好一段时间呢！数学老师是程君程老师。其实程君老师并不"成君"，因为她是个女的。她喜欢留个男孩头，经常带着她几岁的可爱的小女儿上班。有一次上课，同学们情绪高昂，我有意在读书时将嗓音放大好多倍，想添加课堂气氛。其实我并无恶意，可她却狠狠地批评了我一顿，深深刺痛了我的心。很多老师都是只看外表而不知内情地批评学生，程老师就是其中一个。

　　在我上小学五年级的时候，同学雍淮阳忽然心血来潮要去补课。当他将这个打算告诉我们门口的几个同学时，我们一齐惊呼太阳已从西方升起矣！对于我们的嘲讽雍淮阳不以为然，为了将他的打算付诸实践，他的父母帮他找了我们学校隔壁班的数学老师吴松。吴松老师并没有"武松"的胆量和勇气，他不敢给我们补课，怕学校查到（吴老师的家是学校宿舍），只得作罢。可是没过多久吴老师又对雍淮阳说可以去他家去补课了。雍淮阳的父母很高兴，我听说之后也去了，同去的还有门口的阮银波、杨少奇，一共四人。我们名义上说去补课，其实是去凑热闹而已。补课费当天就说定了，每人每月50元，每天晚上2小时，周末除外。我们四个人每天晚上放学就到他家去补数学。一般流程是先将家庭作业做好，不会做的就问他，然后他再布置几个题目给我们做，我们做完了他再讲解给我们听，每月两百元人民币到手矣！想天下最美的事不过是做补课老师和家教了。后来我们去吴老师家补课的消息不胫而走（也可能是吴老师自己说出去的），他们本班的许多学生都要到他家来补课，一时之间补课学生从我们最初的四个人一路壮大到了二十几人，吴老师真是财源滚滚哉！更绝的是，吴老师的老婆，极有商业头脑，见有许多学生在家里补课，想赚钱的机会绝不可失，于是批了许多零食销售给我们，我们边吃着吴松老师老婆所销售的零食边听吴松老师的精彩讲课，一边接受他的精神食粮，一边又接受他的物质粮食，吴松老师和他的老婆为了学生们学习的用心不可谓不良苦啊！

闵丛飞老师是我六年级的语文老师，她的女儿闵文洁和我曾是同桌。闵老师疾恶如仇。有一次我和郭荣波在课上讲话，闵老师发现就让我们将课文中一段要背的内容在黑板上默写下来。那一课其实还没有学过，离我们要学的内容相差十万八千里呢，可见他是故意刁难我们，想让我们出洋相的。料想不到的是我们却从从容容地默了出来。他无可奈何只得放我们回座位，我们看着他吹胡子瞪眼的表情觉得可真好玩。数学老师王艾红是我这辈子最难忘的老师，由于她，我对数学产生了浓厚的兴趣。在六年级期末考试时我数学考了班级第一名。那一次是我唯一一次没有粗心大意犯错，平时我一粗心大意，她就会善意地批评我"马大哈"，害得我羞愧不已。后来在"小升初"我没考上重点中学时，她还亲自打电话到我家，让我到学校和她面谈一次。那次谈话她询问了我以后的去向及打算，并且鼓励我不要灰心云云。——王老师对我的关心与照顾，由此可见一斑！

顺便提一下，有位韩凤智校长和我关系非常好，我经常到校长办公室去玩。有一次我从他的书架上拿出了一本《历险童话》，津津有味地读了起来。赵丽宏的《为你打开一扇门》说的是打开文学之门，而韩校长书架上的文学书则真正地为我打开了文学之门。我在里面展翅翱翔，也许结果并不是理想的，可过程却是其乐无穷的。后来我经常到他那里借书，屡借不爽，可却因为爱读书而影响了我以后的学习。

纵观小学六年，除了六年级学习比较紧张之外，其他时间我还是很快乐的，特别是小学一、二年级与同学们拍画片、滚玻璃球、打手枪，那真是最快乐最快乐的日子了！

初中篇

初中生活，苦不堪言；
问谁最苦，学生为尤。

我的中学是在市三中上的，市三中后来被私人买下，改名为吴承恩中学。为表明其名正言顺，学校董事长特聘著名艺术家六小龄童为名誉校长。从此学校走上正轨，欣欣向荣、蒸蒸日上。

教我初一至初二语文的朱云祥朱老师。朱老师是与我同年进入吴承恩中学的，是当时我们学校少数几个拥有高级教师职称的老师之一。朱老师是"心宽体胖"型的人物，长得又高又胖，四十几岁，架着一副金黄色有边眼镜，前头略秃，不过"一方有难，八方支援"，四周头发迅速将这一空旷处给遮住，以补其不足。就我两年时间对朱老师的观察来看，我觉得朱老师是一个严肃、谨慎，不苟言笑，做事全面周到之人，但同时又是一个呆板、固执，不知变通甚至有点荒谬的人。有一次课间我看阿来的长篇小说《尘埃落定》被其发现，他看了看书名，然后怒不可遏地批评了我一顿，说什么这个时候还有时间来看这种闲书、野书云云（后来初三语文老师庄昌虎老师发现我看《围城》，也说出相雷同的话，并扬言其能用三句话阐述此书之主要思想与内容，其狂傲可想而知）。我感到很惊讶，一个语文老师竟会将文学名著说成闲书野书，那么什么书是正经书呢？语文书吗？我很困惑，从而对朱老师的崇敬也大大打了折扣。还有一次，他将我的作文中"委实不易"中的"委实"给圈了起来，并在旁边注上"用词不当"四个字。他认为"委实"这个词用得太别扭了，读得很不通顺。其实这个词用得很好，也并无不顺，只要我们翻开鲁迅先生《朝花夕拾》中的"引子"中就有"委实不容易"的话语，由此可见"委实"一词用得并无不妥。其实朱老师这样认为是很正常的，中国汉语博大精深，有的词用的得很对，可读出来就觉得很不顺，比如"他动辄就打人"这句话中的"动辄"读起来就觉得拗口，可是它在语法上并没有错误，只要人读书读得多，就会经常读到这样的句子。唉！没办法，要怪只能怪朱老师读书不如吾多而已！

不过，朱老师还是能慧眼识英才的。在初中一年级到初中二年级的两年里，因为我是班级里语文课上最活跃的学生，再加上他在课上提到的很多文学知识只有我一个人知道，所以在全班的同学里只有我和他最谈得来，他也最器重我。记得有一次，他单独把我一个人叫到办公室。我莫名其妙，不知他有什么事。只见他从办公桌的抽屉里拿出一本蓝色封面的书。他说这是老师自己写的书，特地给我看看，并谦虚地让我提提意见。我小心翼翼、诚惶诚恐地从他手里接过书。书名叫《艺海拾贝》，套自秦牧的书名。我翻开书一看，原来是朱老师自己印的，里面的文章都是他曾经写的一些获奖论文和一些文学性作品。朱老师见我看得那么入神，便让我拿回教室慢慢地读。当我把朱老师的书拿回教室时，同学们都用一种羡慕和嫉妒的眼光看着我，让我心里有一种不可言说的骄傲感。从这件事上可以看出，朱老师是多么的器重我了！

教我数学的是张少民张老师，因为他的胡子很有特色，所以被同学们戏称为"小胡子"。张老师三十几岁，个头不高，好抽烟。抽烟多年，略有成果，往往一吹能吹出几个圈圈，常在学生面前展示其研究成果并加以炫耀。教我英语的是王爱琳王老师，王老师四十岁左右，青春年华已逝却风韵犹存，其心地也很善良，对学生也很关心。有一天下晚自习，我和同学兼好友张鑫骑车并肩而行，突然张鑫的自行车链条断了，不得不推行。作为好友，有难同当，我只得舍命陪君子与他一起推行。途中偶遇王老师，王老师闻知甚为关心，要将其自行车借给张鑫，自己走回家，张鑫不肯。王老师百般劝说，张鑫百般推辞，王老师才怏怏离去。我觉得王老师是真正关心学生的老师，我从心底对其感到钦佩。

对了！上初一的时候还有一位老师在此不得不提，她就是我们的语文实习老师赵彩凤赵老师。赵老师刚来我们学校的时候穿着白色衬衫，深蓝色的牛仔裤，个子不高，年龄也不大，一看就知道是那种刚从师范学校毕业未谙世故的小姑娘。因为年龄差距小的关系，我们都很喜欢上赵老师的课，而不喜欢上朱老师的课。赵老师讲课和朱老师不同。在朱老师的课上大家都是死气沉沉的，

课堂氛围一点儿也不活跃，可在赵老师的课上大家却都显得生机勃勃，活灵活现。后来赵老师的实习期满了，她在临别的时候送给大家每人一张书签，上面写了一些鼓励性的话语，那书签我保存至今。更有意思的是，在拍纪念照的时候，小女生陈静因为接受不了和赵老师分别这个残酷的现实，不愿意去拍照，在教室里哭得死去活来，因为她和赵老师在这段时间"日久生情"，难舍难分了。最后在赵老师与大家的共同规劝下，她才勉强收拾起泪水去拍照。那时我想，我们和赵彩凤老师在以后的日子里恐怕再也不会见面了——人生的漂泊无常与沧海桑田由此可见一斑！

教我初二至初三物理的是连晓飞连老师。连老师上课很有特色，往往当学生在底下听得津津有味、聚精会神时，突然来一声"喂，你好啊"，我们感到莫名其妙，想此话与讲课内容无关，再抬头一看，原来连老师在接电话，怪不到的。还有一个现象不知道连老师自己有没有发现，他喜欢将"凝华"误读成"银华"，学生们不敢指出其错误，只有被迫读成"银华"，没想到一场现实版的《皇帝的新装》在我们的校园中上演。嗟乎！问苍茫大地，真理何在？

庄昌虎庄老师是我初三的语文老师。对于庄老师我有很多话要说，可以单独成文，但在这里我只用言简意赅的一段话来阐明我对其看法。

初三学期伊始，庄老师走马上任，做我们的班主任兼语文老师。第一堂课他以其幽默的特征迅速引起全班同学的好感，而且他一上任就让我做了班级班长，从此终止了我连续七年体育班委的记录。可是后来我才发现，他不仅有幽默才能，而且还有另外一个才能——讽刺。他会以一个成绩差的学生为反面材料，用其幽默的才能达到讽刺的效果。每当他施展其幽默才能时，学生们都哄堂大笑，只有那个被讽刺的学生极为痛苦，也就是说，庄老师的幽默所带给我们的快乐是建立在某一个人或某一群人的痛苦之上的。记得有一次，学校临时召开家长会，让我们打电话回家请家长来。我向庄老师解释说我的父母上班不在家，他们的手机号码我也不知道（我敢对天发誓我是真的不知道他们的号码，我说的句句是实话）。不仅我如此，其他同学大多一样，可庄老师偏偏说我是故意不想让家长来开家长会，有意不让家长与老师见面云云，然后在全班同学面前用其幽默才能将我彻底讽刺了一遍。不过这次大家没有使他的幽默产生效果——并不是他的幽默不可笑，相反，经过多年教学的锻炼，他的幽默讽刺才能已经达到了炉火纯青、登峰造极的地步——而是因为这次大家都身受其害，所以没有人笑。对于庄老师的误解与讽刺，我没有进行反驳，因为我知道我有口难辩，再辩下去他就会给我安上一个顶撞、犟嘴、出言不逊、强词夺理的罪名。更让我想不到的是他连柏拉图（Platon）是何许人都不知道，竟将"柏拉图书"分开读成"柏拉"和"图书"，害的柏拉图的"图"字在外游荡，有家无归。经过一年多的相处，我还发现庄老师是一位典型的变相体罚学生者。他不仅对学生的身体、心灵进行攻击，而且还罚学生抄写作业，上学迟到一分钟还要罚一元钱人民币，其辩解的理由是这钱是交入班费，不是给他个人的。这是什么歪理邪说？罚钱也就罢了，还要立即打电话请家长来面谈。你想，如果家长突然接到老师电话，不知何事，还以为孩子在学校杀人放火呢，再马不停蹄、气喘吁吁地赶到学校，发现只是迟到一分钟这么一点点芝麻大的小事，还不给气死。我曾经查过有关资料，发现变相体罚的七种形式中，庄老师一人就兼有四种。为此，我写了一篇《老师们，请尊重差生吧！》发表在网上，赢得了许多网友（特别是中学生）的赞同与认可。对于庄老师的种种行为，吾尝思，其不知此为变相体罚乎？呜呼！有此为师者，夫复何言？

第二辑 为文学打开一扇窗

教我初三数学的徐岩徐老师讲课认真，对学生的生活也很关心。有一次，全班所有学生没有吃到晚饭，班主任又不在学校，徐老师亲自到食堂拿了许多包子给我们吃，以填饱我们的肚子，我们甚为感激。我初三的英语老师是杨洁杨老师，杨老师二十几岁妙龄，很年轻也很漂亮。在中考前几个月，因要英语口语测试，天天喊我去背，不厌其烦。我也背得漫不经心、囫囵吞枣，最后好容易将要背的内容给勉强背上了，哪料在真正测试时，学校竟提前秘密公布答案，害得我测试时竟"未卜先知"，预先将答案给说了出来，尴尬至极。

　　初三的化学老师是汪文开汪老师，因我平时对所有老师都非常尊敬，见到老师必打招呼，所以汪老师对我也很关心。可我的理、化成绩却非常差，特别是化学，经常不及格。在中考前几天的一个晚上，汪老师在放学时特意叫住我，他伸出手摸着我的头劝我最后几天要好好地学，不要放弃，我很感动。最后中考化学我竟考了八十五分，我想他该满意了。吴红吴老师是我初三的政治老师，吴老师结婚时发给我们每人一袋喜糖。我们欣喜若狂，想历来只有学生送东西给老师的义务，哪有老师送东西给学生的规矩。后来吴老师做了准妈妈，每天挺着个大肚子上课，趣味横生。

　　从初二下学期开始，我因沉迷于文学，徜徉于书海之故，成绩像二十世纪七十年代的美国股票，狂跌不止。后来上了初三，学习更为紧张，早上六点多就到校早读，中午休息一个小时，然后一直上到晚上十点，一天整整上十六个小时！不仅如此，学校还经常不放假，有时甚至能连续两个月不放半天假，理由是初三要抓紧时间学习。学生们每天要趴在位子上学习十六个小时，还没有时间休息，真是身心疲惫。列宁说："谁不会休息，谁就不会工作！"同样道理，谁不会休息，谁就不会学习。而在初三的最后三个月，我还在拼命地补习，课外书连碰都没得碰。宋人黄庭坚说："三日不读书，便觉言语乏味，面目可憎！"三日都如此，三个月更是变本加厉，所以在那三个月我只能像鲁迅告别童年那样，在心底默默地呐喊："Ade，我心爱的文学书！Ade，我的文学天堂！"

总结篇

一十二载 ，稍纵即逝；
俯首回眸 ，难忘恩师。

从我刚开始上幼儿园到现在初中毕业已整整十二载了。在这十二年中，我见过形形色色的老师：有性格温和的，有脾气暴躁的；有爱生如子的，也有误人子弟的。对于优秀的老师我会永生铭记，而对于平庸的老师我也不会怀恨在心，但是他们的错误我还是要指出的。亚里士多德说："吾爱吾师，吾更爱真理！"我认为这句话很对。因为老师有很多，真理却是唯一的。希望不要因为我指出了他们的错误而使他们记恨在心，甚至对簿公堂。

因今日是教师节，我回忆起求学十二载，感觉仍历历在目、记忆犹新，故作此文，以贻尝教余之恩师 。

成长

　　我于一九九一年一月十三日生于江苏省淮安市淮安区河下古镇。刚出生的我，头很大，鼻也小，皮特厚，两只如铜钱似的大眼睛炯炯有神，中间一条罅隙，眉毛高高在上，与眼睛远离，彼此可通无线电，其相貌之丑陋非言语所能完全描述也。尽管我的样子难看死了，可"娘不嫌儿丑"，我的父母对我还是宠爱有加，关怀备至。

　　我出生的小镇是个具有两千五百年悠久历史的千年古镇，它就是大名鼎鼎的河下古镇。河下古镇的有名不仅仅因为其历史悠久，不仅仅因为它是中国四大菜系之淮扬菜的重要发源地之一，也不仅仅因为它是山阳医学的发源地，更重要的是它物华天宝、人杰地灵，鼎盛时期曾有"扬州千载繁华景，移在西湖嘴上头"的美誉。历史上出生在河下或与河下息息相关的名人骚客不胜枚举，如汉赋鼻祖枚乘、枚皋父子，"兴汉三杰"之一的韩信，"建安七子"之一的陈琳，"扬州八怪"之一的画家边寿民，"苏门四学士"之一的张耒，唐朝的倚楼诗人赵嘏，南宋著名画家、诗人龚开，巾帼英雄、抗金名将梁红玉，中国古代首部禁毁小说、明代传记小说集《剪灯新话》的作者瞿佑，明代浪漫主义作家、中国古典四大名著之一《西游记》的作者吴承恩，弹词才女、晚清四大弹词之一《笔生花》的作者邱心如，晚清通才、清末四大谴责小说之一《老残游记》的作者刘鹗，抗日名将、民族英雄左宝贵，温病医学家、中国古代四大医学经典之一《温病条辨》的作者吴鞠通，明朝状元、抗倭英雄沈坤，清朝著名散文家、《茶余客话》的作者阮葵生，田园诗人吴进，水利专家殷自芳，盲人历算家卫朴，围棋国手梁魏今，天文历算家汪椿，数学家骆腾风，考据学家吴玉搢，天文地理学、吴玉搢之弟吴玉楫，《四库全书》总目协勘官、名翰林程晋芳，清代宰相、道光帝师汪廷珍，船政大臣裴荫森；近代有著名学者、王国维的老师罗振玉，朴学大师阎若璩、著名教育家、新安旅行团创始人汪达之，情钟乡里、心系治淮的裴籽青，花鸟画家杨玉农，旅台女画家陈秉镮等等。一个小小的镇子，可谓弹丸之地，竟出现了这么多的名人，真是不可思议！不仅如此，在明清时期，这里还出现了六十七名进士，一百二十三名举人，十二名翰林，一百四十名贡生，五名博鸿司，素有"天下第一进士镇"的美誉。其中一名状元（沈坤），两名榜眼（汪廷珍、李宗坊），一名探花（夏曰珊），可谓"三鼎甲齐全"，甚至出现了"五世巍科"、同门六进士的现象，文化底蕴十分丰厚。河下古镇的历史实在是太辉煌了，我为自己出生在河下古镇而感到无比自豪！

幼年的我，理想很远大，大得几乎让人无法接受。可是当我在向外宣传的时候，我总是将我的理想缩小"N"倍。没办法，如果我对别人说出我原版的理想，别人会批评我好高骛远，不切实际。人言可畏啊！我缩小"N"倍后的理想是：做淮安市淮安区某一领域成就最高的人！可是就这个小小的可怜的理想在我稍懂事的时候就被无情的现实给戕灭了！在政治上，我是不可能会超过我们伟大的、敬爱的一代伟人，中华人民共和国的开国总理，中国著名的政治家、革命家、外交家周恩来周总理；在军事上，我是不可能会超过中国古代最杰出的军事家、战略家、军事理论家，西汉的开国名将、兴汉三杰之一的韩信韩大将军；最后，在文学上，我更不可能超过明代最伟大的浪漫主义作家，中国古典四大名著之一《西游记》的作者、世界级文学大师吴承恩（我的邻居）。唉！我只能仰天长叹：既生周韩吴，何生我李将！

小学的我，品学兼优，经常捧着一张张令人骄傲的奖状回家。我的母亲总是笑眯眯地对着奖状瞅个不停，好像看到奖状就像看到了名牌大学的通知书一样。而我对奖状却不屑一顾，我认为奖状是最不实惠的奖励了，它既没有奖金那么实际，又没有奖品那么实用，况且生物学告诉我们纸张是白树木制造的，全国每年要发行多少张奖状，得砍伐多少棵树木呀！这太不符合环保理念了。所以小学里所得到的奖状，不是被我折纸飞机飞了，就是被我扔进垃圾筒里了。

在小学六年级的时候，我喜欢上了隔壁班级的一个女孩，只是喜欢，很单纯的喜欢。她是一个相貌平平、喜欢扎两条小辫子的天真而又可爱的姑娘。就这样，我迷迷糊糊、恍恍惚惚、浑浑噩噩、朦朦胧胧地混了一年。不日大考，我们同报考一所中学，结果她以全校第一名的优异成绩考上了，而我却以几分之差与理想中学失之交臂、缘悭一面。从此，我们"东飞伯劳西飞燕"，天各一方，而我也大有"少年维特之烦恼"了。

上了中学后，遇到一群陌生而又可爱的新同学。大家来自五湖四海，一见如故，大有相见恨晚之感。特别是新调来的班主任朱老师，人如其名，长得肥头大耳，胸围宽得要令猪八戒自卑死，我想这才是中国人"海纳百川，有容乃大"崇高精神的真正体现！

记得刚开学那一天，平时素未谋面的同学们一见面就像鲁迅《故乡》中的水生、宏儿初次见面一样，玩得热火朝天、不亦乐乎！半天之后，大家就变得亲密无间、形影不离了，并且不再称呼其姓名，而是亲热地直呼哥们儿。传说唐人安禄山因为经常给唐玄宗、杨贵妃送礼，深得他们的喜欢，于是唐玄宗邀请他进宫小住几日。几日后，再当安禄山离宫时，他已经直呼唐玄宗为干爹，呼杨贵妃为干娘了。没想到我的同学们更厉害，半天不到，竟都互相称兄道弟来了。由此可见"中华民族是一家"，此话不虚。

一个月后，学校进行初一年级的第一次月考。平时学习不怎么努力的同学们此时一个个都惊慌失措地像刚被告知患有癌症的病人，"恐惧"大于"悲伤"。最后同学们想出了一个根本不用想的办法——作弊。有几个比较诚实的同学问，这样做是不是太对不起老师了？于是有的同学根据哲学知识引用了柏拉图《理想国》里的话说，兵士对敌人、医生对病人、官吏对民众都是可以哄骗的。既然如此，那么学生对老师也理所当然地可以哄骗了。我本想拒绝作弊，可看大家一鼓作气、信心十足、齐心协力、众志成城的样子，最终也与他们同流合污了——这就是为什么青少年容易走上犯罪道路的重要原因之一！

西哲说："没有比较，就分不出大小来！"上了中学后我才发现学校更是做比较快要发疯的地方。从上有董事长、校长、副校长、主任、副主任，然后是年级组长、班主任，最后是科目任课老师；从下学生又分为优等生、中等生和差等生；班级又分为实验班、强化班和普通班，可谓三六九等。老师的等级是按工资来分的，而班级的等级都是按成绩来分的。这次月考大家团结一致，终于作弊作出了水平，取得了不错的成绩，每门科目都是年级榜首，将别的不会作弊的班级给压了下去。记得公布成绩那天，班主任挺着肥硕的身躯，笑眯眯地对我们说："亲爱的同学们，在学校领导的热切关注下，在各位老师的细心教导下，在全体同学的不懈努力下，我们这次考试终于取得了优异的成绩！"说完，他又傻傻地笑，身体随着他发出声音的高低而不同程度地颤动。

不知不觉我上了初二。学期伊始，学校共青团团支部征收团员。共青团是一个青年爱国组织，所以有很多学生都想入团——由此可见学生们都是非常爱国的！可入团要写入团申请书呀，这可害苦了同学们，大家平时只知道写检讨书、说明书，可就是不知道怎样写申请书。其实这也没什么奇怪的，一个爱吃红烧肉的人未必会烧红烧肉。无奈之下，大家只有请班长硬着头皮去向团支部借样本。样本借来后，所有同学都为之一振，认为此次入团有了成功的保障。于是全都照抄，说得好听一点叫做"复制"。偶有几个自认为笔锋不凡、文采飞扬的天才都自己写，可内容都不外乎开头几句赞赏共青团——其实就是赞赏校团支部领导，然后都是长篇大论地赞扬自己怎样具有诚实守信、拾金不昧、乐于助人、尊老爱幼等优秀品质。他们的这些优秀品质恐怕是几辈子以后才会有的，却被他们提前借来理论化了。我呢，既不肯照抄，又没有其他同学那种极深的爱国之情，只有退下来多做些实际工作，加强自身综合素质，准备等到初三再入共青团。不料几天后团支部发出通知，所有申请入团的学生都已经顺利且光荣地入团了。我又气又悔：气的是学校共青团征收团员竟然照单全收，真是气杀我也；悔的是当初没有随波逐流、同流合污，像大家一样多褒奖褒奖团支部领导，多赞扬赞扬自己，现在想起都后悔死了！

后来，我加入了学校足球队。足球队里高手如云、群英密集，只可惜都在对方球队里。而本队里的球员则一个个都像《红楼梦》里的林黛玉，瘦弱不堪，风一吹就倒。每当强敌攻来时，我们都是毫无招架之力。球要想进网，除非踢进自家的球门。在这种情况下，队员们一个个都失去了信心，而敌队所进的球则像清政府与帝国主义国家所签的不平等条约，一个接着一个，乐此不疲，层"进"不穷。

上了初三，我开始见异思迁、移情别恋于篮球了。足球队我是待不下去了，于是想进入篮球队。不料那天我往篮球队里一站，不禁脸色大变，疑乎自己是到了斯威夫特《格列佛游记》里的巨人国，四周站的都是巨人，衬得自己太渺小了，最后篮球队也不得不退出。

退出球队后，我又进行兴趣转移。这一次，我发现自己疯狂地、彻底地、死心塌地地、无可救药地爱上了文学，并且深陷其中不能自拔。我给自己起了个号，曰"文乐"，取"以文为乐"之意。因为热爱文学，所以热爱读书，很简单的因果关系，没有其他复杂的联系。我读过很多文学书，其中大多数是世界名著。当别人都在争分夺秒、全力以赴地投入到中考复习当中的时候，我却如饥似渴、津津有味地读着我的文学书。记得当时我写过一篇名叫《读书真好》的文章，其中有一段这样写道："……在书中，我知道了保尔·柯察金和许多俱有顽强意志的仁人志士的生命历程；在书中，我知道了鲁滨孙和格列佛两人的传奇经历和他们坚持不懈、永不言弃的精神。在书中，我知道了许许多多我曾经不知道的东西，上至天文，下至地理，里面的风景美不胜收！"——乃写实也。因为心思扑在读书上，我的学习成绩"飞流直下三千尺"。我的父母说我"本末倒置"，我的班主任说我"不务正业"，看来"万般皆下品，唯有读书高"这句话在现代已经被重新定义了。

光阴荏苒，斗转星移。不觉一年我又上了高中。上高一时我对文学的热爱有增无减。可惜的是我所在的高中是一所重理轻文倾向特严重的学校，没有校报，也没有校刊，更没有文学社，只有一间图书馆。不过那图书馆我实在不好意思称其为"馆"，因为它还没有我们的一个教室大，而且里面的书估计还是刚建校时就存进去的，书上所生的灰堆起来都有一个人高了。也许正因为又小又老，所以它害羞得不敢对学生开放了。可见家丑不仅不可以外扬，更不可以内扬！

在高一下学期，由于要分文理科，我理想地被分到了文科班。在新的班级里，我遇到了有生以来最为倾心的一个女孩，她的名字叫陈娟。在遇到她之前，我还不怎么相信一见钟情，可见了她之后，我才发现这四个字并不是被胡乱生造出来的。第一次见她时的感受是刻骨铭心的，但如果让我用文字将这种感受描述出来的话，我想我的文采还不够。在这里请允许我借用英国大文豪查尔斯·狄更斯在他那部最负盛名的自传体小说《大卫·科波菲尔》中，大卫第一次见朵拉·斯潘喽的感受："在我看来，她绝非凡间女子。她是天仙，是精灵——她究竟是什么我也说不上来——她是一个从来没人见过的什么，又是人人都想得到的什么。顷刻之间，我被吞进爱情的深渊。在这爱情的边缘，没有犹豫不前，没有向下窥望，没有掉头回顾；

还没来得及想出跟她说的一句话，我就一头栽进去了！"或者用《红楼梦》中贾宝玉初次见林黛玉的印象："两弯似蹙非蹙罥烟眉，一双似喜非喜含情目。态生两靥之愁，娇袭一身之病。泪光点点，娇喘微微。闲静时如姣花照水，行动处似弱柳扶风。心较比干多一窍，病如西子胜三分。"她总体给我的感觉还真有点像林黛玉：聪敏伶俐，品貌端庄，多愁善感，沉默寡言，心地纯洁，天真无邪。我非常喜欢她，我为她如痴如醉，魂牵梦萦。可也因为我天性羞涩，一直都没有勇气向她表白。我只是默默地注视着她，上课如此，下课也如此，时间一长，便被她发觉了。后来她鼓起勇气也不断地看着我。我知道她这样做是不容易的，因为她也是一个非常内向的孩子。就这样，我们每天都不断地相互注视着，用眼神与表情彼此交流。可尽管这样，我都没有勇气对她表白。相传但丁在九岁时见过比他小一岁的比阿特丽斯一面，从此便疯狂地爱上了她。后来在他十八岁的时候又见到她一面，以后便再也没有见过她，可是对她的爱恋却永生不灭。但丁后来还为她写下了流芳百世的《神曲》，把她当作自己的引路人和天堂派下来拯救自己灵魂的天使。和但丁不同的是，我可以天天见到我的心上人，而但丁只见过比阿特丽斯两次，从这一点上来说，我比但丁幸福；和但丁相同的是，我们都为了自己的心上人而沉浸在痛苦之中。在整个高一下学期中，我都没有和她说过几句话，这令我自己都感到诧异！可回过头来想想，我该和她说些什么呢？说我喜欢她吗？别忘了，我们还都是中学生，是不能谈情说爱的。我想放弃，可是每当我看到她那哀怨伤感的眼神时，我又不忍放弃。那一段时间我彻底地处在痛苦中，以至于每天不得不低头读我最热爱的文学书，用文学来抚慰我爱情的创伤。后来，在高二上学期初，学校要重新调整文理班，我为了脱离苦海，便毅然申请调入了理科班。

　　现在我上了高二。我已经不再像初中那样暗无天日、不舍昼夜地读书了，但这并不代表我就不热爱文学，不对文学痴迷了。只是我明白了我现在还有更重要的事情要去做。尽管我不知道此时再好好学习到底能不能考上大学，我总是对自己说："不管以前你的学习怎么差，只要你从这时候开始全力以赴，那么即使你失败了，你也不会后悔的！"但我发现我所处的环境太差了，我周围的同学或者说我所在的班级没有几个是真心想学习的，在他们的人生观里，学习并不是一件很重要的事情，甚至还没有谈恋爱重要。当我看着我的同学们一个个整天不知道好好学习，而忙着谈恋爱时，我的心不知道有多痛。我深感"举世皆浊我独清，众人皆醉我独醒"，但我始终抱着"出淤泥而不染，濯清涟而不妖"的处世态度，同流而不合污。也许你们会认为我是吃不着葡萄说葡萄酸，其实并不是这样：首先，我本人长得不要过于帅气——不知道为什么，小时候的我相貌很丑，随着身体的成长，相貌的改变，竟越长越英俊，丑小鸭变成白天鹅了！其次，我很有才华，我自诩在"吴中"（吴承恩中学）是无与伦比的第一大才子，我作第二，就没人敢作第一！总得概括成一句话：我，李将，英俊潇洒，玉树临风，才华横溢，学富五车，可谓才貌双全、一表人才，只是有点儿特立独行，沉默寡言罢了。倘若不信，有旧诗《成长》四首，可为佐证：

> 李家有儿正成长，才华横溢知识广。
> 一表人才成龙相，前程似锦无法想。

> 李家有儿正成长，风华正茂志正涨。
> 无与伦比成异数，特立独行个性强。

> 李家有儿正成长，英俊潇洒不可挡。
> 盛气凌人魄力大，春色满园尽我赏。

> 李家有儿正成长，孤傲自负甚狂妄。
> 文质彬彬书生样，手不释卷读书狂。

写到这里，我成长中的一个阶段已经结束了，再写下去说不定就成自传了。甘地在其自传《我体验真理的故事》一书的自序中说，给自己写传的人都很不谨慎，理由是写自传的人往往会在自传完成后又会推翻在自传中的观点和意见。一九九九年度诺贝尔文学奖获得者、德国著名作家君特·格拉斯也在其回忆录《剥洋葱》中认为："……我们的回忆，我们的自画像都有可能是骗人的——它们经常是骗人的，这是一个众所周知的事实，我们美化、戏剧化自己的经历，让它们成为一桩桩奇闻逸事。"钱钟书也曾在书评《约德的自传》一文中发出断言："年纪轻就做自传，大部分是不会长进的表现。"我现在还很年少，以后的日子还很长，还没有到写自传的时候，所以此时此刻我是无论如何也不会写自传的，即使有人因写自传而发了大财，我也不会写的——因为我毕竟不是粉丝万千的明星偶像，也不是具有传奇人生经历的名家政客。

谈孝道

俗话说："百善孝为先。"我们知道，"孝"是我们中华民族的传统美德，纵观中华五千年的辉煌历史，自禹创立夏朝伊始，一直到最后一个封建王朝清朝，不管是汉族人、满族人，还是蒙古人、藏族人，几乎没有一个民族、没有一个朝代不提倡孝道、不推崇孝道的。在古代，提及"孝"的书籍可谓不胜枚举：《论语》中有"入则孝，出则悌"、"父母在，不远游"；《三字经》中也有"孝于亲，所当执"，"首孝悌，次见闻"。这些话语都是我们耳熟能详的。甚至有专门研究孝道的书籍，如《孝经》，也有专门记载关于孝感动天的故事集，如《二十四孝》，这些书都是告诫我们从小要充满孝心，要孝顺父母，孝敬长辈。又如我们在看古装电视剧的时候，总会看到有卖身葬父的情景，而且父母死后子女还得守孝三年……在古代，对父母、对长辈孝顺不孝顺已成为评价一个人品行好坏的重要标准，甚至有的朝代还设有"孝廉"一职，专门授给那些因孝顺而远近闻名的人，以鼓励人们重视孝道……我给大家讲这些是为了告诉大家古代人对孝道的重视。

古人的孝道令我深感钦佩，他们的孝行也令我深为感动。但是今天当我们用科学的眼光、理智的眼光、辩证的眼光看古人的孝道时，就会发现它是片面的，是畸形的，是有很多不合理的地方的。如封建社会有所谓的"父母之命，媒妁之言"的包办式婚姻，子女如果不和父母指定的对象成婚，就会背上不孝的罪名。在我看来，这是不公正的，难道为了让父母满意就得牺牲自己宝贵的爱情和终生的幸福？——这不是我们所提倡的孝道。又如有的子女为了让父母过上舒适的日子，竟不惜打家劫舍，落草为寇，边做坏事边自我安慰，认为这是为了父母，佛祖也不会怪罪的。又如上面所提到的，父母亲去世了，作为子女得守孝三年，三年中不得离开家门，不得食酒肉，不得近女色，如果不守孝三年，就会被世人认为不孝。这一点也是不合理的，也是错误的孝道。由上面的几种现象可以看出，古代的孝道是很不合理、很不公正的。

那么，对于生活在现代社会的我们该怎样看待并去实行孝道呢？我认为，首先，孝心是必不可少的，如果没有孝心，就不必谈什么孝道了。我们在日常生活中经常会见到这样的现象，有的老人养育的子女可以凑成一个联合国常任理事国，可就是没有一个子女愿意赡养自己的父母，这是我们的悲哀，也是我们社会道德沦丧的表现。其次，要有正确的孝顺方式。有的子女成天忙于工作，忙于跑业务，孝心是有的，却力不从心。偶尔回家一次，心里感觉过意不去，于是在去看望双亲的时候买些补品，或者在临走时丢下些零用钱，自己还认为自己很孝顺，这也是一种错误的孝道。应该说，不管工作怎么忙，都应该抽出点时间去陪陪父母。忙不是借口，这个地球离了谁都照样转动，再忙也不能忽视了亲情。别忘了那句古话："树欲静而风不止，子欲养而亲不待！"真到有一天你想去孝顺父母而又为时已晚的时候，你就追悔莫及了……

我们青少年都爱听周杰伦的歌，在那首《外婆》中有这样一句生动形象而又感人肺腑的歌词："外婆她的期待，慢慢变成无奈，大人们始终不明白，她要的是陪伴，而不是六百块，比你给的还简单……"从这一句歌词中，我们可以想象出这样一个场景：一位老态龙钟、白发苍苍的老人，孤独而又寂寞地独自一人守在空荡荡的家里，她似乎在期待什么，而又为此而感到无奈。外婆她期待什么？她期待子女能够常回来陪伴她。外婆她无奈什么？她为子女都忙于工作不能或者不愿常回来看她而感到无奈。是啊！大人们始终不明白，以为给了钱就尽了孝心，只有年幼的"我"看得清这一切。那么外婆她想要的是什么？在另一首经典流行歌曲《常回家看看》中道出了答案。歌词中有这样一句话："老人不图儿女为家做多大贡献啊，一辈子不容易就图个团团圆圆……"可见老人需要的不仅是物质上的供给，更需要的是精神上的慰藉。所以子女光有孝心是不够的，还得有正确的孝顺方式。《常回家看看》这首歌之所以能迅速地走红、流行，以至于家喻户晓、脍炙人口，不仅因为歌曲好听，更是因为它道出了人们的心声！

我们男孩子经常会被女孩子问到这样一个问题："假如我和你妈妈在同一条船上、同一时刻掉进水里，而你又只能救我们当中一个人，你会救哪个？"对于这样一个问题，我们男孩子大多数会说救女孩，因为问这个问题的往往都是自己喜欢的女孩子，为了爱情，只好牺牲亲情了。这就是下面我说要说的另一种情况。有一种人，开始对父母很孝顺。可是当他娶了老婆成家立业之后，对父母的孝顺就远不如从前了，有的甚至还不闻不问，就像没有生他养他的父母一样。他们的理由主要有三种：

一、成家立业后，心思都放在自己的事业和小家庭上，哪有精力去顾及父母呢？

二、娶了妻子之后，妻子与母亲会发生矛盾，自己因为惧怕老婆，不得不冷落父母！

三、父母又不是只有我一个子女，为什么都要我管？

当然，理由肯定还不止这三种，可是不管哪一种理由，在我看来通通都是借口！这些人都是典型的"娶了媳妇忘了娘"，典型的"妻管严"，典型的懦夫……我李将对这种人是最深恶痛绝的。常言道："身体发肤，受之父母。"没有父母哪里来的你，又哪里来你现在的家庭呢？滴水之恩尚且要涌泉相报，更何况生你养你几十年的父母呢！

也许有人会说："我的父母生我养我教育我，这是他们的义务，也是我们的权利！"可是我要说："他们也有不生你的权利！"只要你没有生下来，没有来到这个世上，他们都有打掉你的权利。如果真是那样的话，你还能在这里说这样的话吗？这个世界上还会有你这个人吗？——父母的养育之恩是不可忘却的。还有人会说："我的父母虽然生我养我教育我，可是他们并不喜欢我，并没有把我当成他们的亲生子女对待，甚至还虐待我，

第二辑 为文学打开一扇窗

这样我还要孝顺他们吗？"我要告诉你的是，《弟子规》中有句话："亲爱我，孝何难？亲恶我，孝方贤。" 这句话是什么意思呢？意思是说：如果父母双亲都喜爱我，我要做到孝顺是不难的；而当父母双亲都不喜爱我的时候，我还更加孝顺父母，这才是最难能可贵的！所以，不管你的父母做错了什么，你都要原谅他们，要永远保持一颗孝心，因为孝心是无价的！

为文学打开一扇窗
——记文一虫先生兼评《品茗读经典》

　　我与文一虫先生相识是在二〇〇六年的下半年。那时候我家刚刚安装了电脑，我妈妈对我说："你不是喜欢写文章吗？正好可以在网上发表。"从此我便开始在网站上发表文章，先是在榕树下，后来又到红袖添香以及子归原创文学网。不久，我又发现了中国青少年新世纪读书网（简称"中国读书网"）。我在这些网站上陆陆续续地发表了一些文章。在登录读书网的时候，正值其进行改版。改版后的读书网功能更加齐全，但还是存在一些缺陷：作者发表的文章读者无法进行评论；作者与读者无法进行互动交流；文章类型栏目过于稀少；网站更新速度慢且经常发生故障等。但不管怎么说，对于一个以读书为主要目的的网站来说，它已经足够了！在读书网上，我发表文章，也读其他作者的文章。有一次，我看到一个非常奇怪的（也非常新颖独特的）网名——文一虫！出于好奇，我想看看这位文一虫先生的文章到底怎么样。于是我点击了他的名字，之后页面上出现了他的文集。他文集中的文章非常多，大多数都是为一些经典名著写的评论。看着这一篇篇书评，我恍然大悟他的网名为何叫文一虫了——他就犹如一只好动的书虫，从这本书啃到那本书！就这样我读起了他的文章。我记得我读的第一篇他的文章是《畅销书就是好书？》，在这篇文章中，作者首先表明了自己的观点，认为畅销书不一定就是好书，之后作者又告诉我们什么样的书才能算是好书，作者这样写道："……因此，读经过一百年时间沉淀后还被人们记得的书，大概不会错！因此，我读书一般找文学史上的代表作读，基本不读当代的畅销书，没有那么多的时间。时间多宝贵啊，你读一本垃圾书，就影响了你少读一本经典！"——多么睿智的看法啊！多么精到的语言啊！作者还告诉我们怎样拒绝那些轻浮的媚俗的作品："……如何抗拒轻浮的媚俗的作品诱惑，我记得一位朋友的观点是，开动脑子想一想，世界上那些早就诞生了几百年、上千年的经典好书，我都没看，但我也毫发无损，也没有失去多少，那这么浅薄媚俗的读物，我如果不读它，我会失去什么？我会受到什么影响呢？"我是第一次读这样的文章，真是大开眼界，受益匪浅！读了这一篇文章后，我便对他的文章产生浓厚的兴趣了。我一篇一篇地读，一口气竟读了五六篇！后来，他在读书网上公布了自己的QQ号，于是我便通过他的QQ认识了他。

通过一段时间的交流，我了解到他原名杜崇斌，是陕西省作协会员，毕业于西北大学汉语言文学系，现在是西安市某高级中学的语文老师。他热爱读书，也热爱写作，从二〇〇二年开始在网络上发表文章。上网三四年来，已在榕树下、红袖添香、子归文学网、中国作家网、中国青少年新世纪读书网等知名网站发表文章八十多万字……至此，我便不断地与他在QQ上交流。我在QQ上总会尊称他为"您"，因为不管在学识上，还是在年龄上（当时他三十五岁，而我才十五岁！），我都理应这样称呼他的。而文一虫先生从来没有因为自己的年龄与学识比我高就对我摆架子。相反，他还非常关心我们青少年：如，当他得知江苏省高考改革时，他便百般向我询问改革的具体情况是怎样的；又如，他非常关心我们中学生是怎样看待鲁迅的。有一次他在QQ上问我："你们中学生是怎样看待鲁迅的？是不是把他当作圣人？"对于他这样的问题，我无言以对，因为我也不知道怎么回答他。后来他写了一篇《走出神殿看鲁迅》，来告诫我们青少年不要将鲁迅神圣化、偶像化，而要客观、实际地评价。文一虫先生对青少年的关心还不止于此，他对青少年的关心在他的文章中处处可见，如他在评价《围城》一书时写道："……最近听说这部书已被教育部推荐为中学生的课外必读书目，我有些担忧，因为中学生的心理还没有成熟，而且可塑性极强，读了这部书或许会变得消沉和颓废起来，因此，我认为高中生最好先不要急于读这部小说！"还有，他在评价韩寒的小说《一座城池》的时候，对这本书对于中学生的消极影响也提出担忧："……这样的书，让未成年人读了会受到什么影响？会有什么后果，我真替校园里的孩子们担忧！"从这些亲切的语言中都可以看出文一虫先生对青少年特别是中学生在读书受到不良影响方面的关心与担忧！

　　文一虫先生给我的一个特别的印象就是创作速度快，且质量高，几乎每篇文章的点击量都能达到上万人次。他每隔一两天就会写出一篇长达几千字的书评或散文，有时甚至一天能写出几篇文章。他每写好一篇文章就会在 QQ 上给我留言，让我去看看他新发表的文章。有一次他写了一篇《回眸我的二零零六读书时光》的长篇回忆性散文，让我去读读。我读完之后感到写得太好了，竟不惜以近十张打印纸将其全文打印下来，以便慢慢欣赏，其文章优美程度可见一斑！

　　在网络上发表文章的作者是最痛苦的，你的文章发表在网络上就犹如一滴水滴进汪洋大海里，稍纵即逝，不留痕迹。时常有人会问文一虫先生："你这几年这么辛苦地创作，不断地在网络上发表文章，到底是为了什么？又没有稿酬！"而文一虫先生的问答总是："不为什么，只是源于对写作的热爱！"是啊！当写作变得有利可图的时候，文学便成了许多人成名得利的工具，他们有的人为了名利甚至不惜出卖自己的良知与灵魂。相比之下，文一虫先生的创作动机是多么的单纯与高尚啊！

　　终于，皇天不负有心人！经过多年默默地坚持与勤奋地创作，文一虫的文章开始出现在网络的各个角落，他的文章开始被各个网站争相转载与推荐，特别是他的书评，因视角新颖，观点独特，而成为网络文学的一个品牌。不仅在网络上，他的文章还被各种报刊等纸质媒体进行转载，而且竟达 30 多万字！甚至有的文章还被选入了苏教版语文教科书与电视专题节目……对于一个网络作家来说，他的文章的影响力可想而知！

　　二〇〇八年四月，文一虫先生的书评精选集《品茗读经典》终于在网友的千呼万唤中出版发行。当我得知他将出版第一本书时，我是非常开心的，于是立即请他赠送一本，他欣然同意，并在当天从邮局寄送。五天后，我收到了他的书。当我收到他的书时，真是欣喜若狂，如获珍宝。打开邮寄包裹看去，书的封面古朴、别致，富有创意与诗意，正如书的名字一样，一张茶几，一只茶壶，几个茶杯，品茗读经典……打开书的扉页，只见上面用黑色签字笔潇洒地写着："李将同学雅正，杜崇斌。"这是他的问候与签名。之后，我用整整一个下午的时间读他的这本书。这本书收集了他在网络上发表过的书评六十多篇，其中有些是我读过的，有些我没有读过——这没有什么好奇怪的，因为他在好几个网站发表文章。当我读完这本书并合上最后一页时，我更加感到这本书的珍贵。我觉得这本书有以下几个特点：

一、语言的特色。这本书的语言是非常优美、典雅的，正如本书的前言所说："语言清新生动，富于质感和哲思，但又不乏幽默和调侃。"在这本书中，优美的语言随处可见，如作者在写到林黛玉时，这样形容："……如果用审美的眼光来看这个人物形象，我感觉林黛玉是空谷里的一株幽兰，是高高山巅上的一棵绛珠仙草，是悠蓝悠蓝的天空里飘过的一片白云，是山涧里的一泓清泉，是春风里凋零的片片梨花，是冷月下的一缕花魂，总之，林黛玉是一个高贵的典雅的缥缈的诗歌意象，是一位让人心地纯净、让人看到人类的若干美和希望的雕塑！"（《悲哀的林黛玉》）又如在评价《红字》的语言特色时，写道："那种唯美、那种浪漫、那种鲜活的意象、那种质感和张力，令人着迷、流连忘返。"（《文学有能力温暖这个世界》）——多么优美的语言啊！我想，作者有这种用语言来吸引读者的能力，这也是他的书评能深受网民喜爱的原因之一！设想，如果他的书评写得像学术论文一样深奥晦涩的话，读者还会抱着耐心对着电脑读下去吗？

二、内容的特色。这本书所评论的书籍范围不可谓不广：从经典名著，到畅销流行；从成人小说，到儿童文学；从诗词歌赋，到古典哲学，内容可谓无所不包，无所不涉。另外，作者的观点独特，视角新颖，甚至能够指出别人所看不到的缺点：如对《神秘岛》的评价，作者在赞扬了本书的优点之后，又指出了在人物塑造方面的不足；又如在《围城》的评价中，作者也指出了此书对中学生带来的消极影响；还有在评价莫泊桑的短篇小说《项链》时，作者也指出了女主人公马蒂尔德不可能与她的女友在十年

第二辑 为文学打开一扇窗

中都没有见过一面这一情节漏洞。更难能可贵的是，作者在评价作品的时候，始终抱着公正无私、实事求是的态度，绝对不会因为作者的身份与地位而改变自己的观点，敢于向权威挑战，这从《一个文学偶像的轰然倒塌》、《我看〈论语〉心得》等几篇文章中可以看出。可以说，这本书的内容丰富多彩，不会使读者感到书中的评价与其他书评有千篇一律、似曾相识之感。我想，这恐怕也是文一虫先生的书评受欢迎的一个原因吧！

三、结构的特色。显然，作者在长期的思维训练中已经练就了一套剖析一部小说或一篇散文的本领。作者善于通过各个方面和角度对作品进行剥丝抽茧式的解剖。作者的书评能运用辩证法对作品进行理性与感性的赏析，任何一部作品的优劣好坏，在作者的笔下都能原形毕露，分析得可谓鞭辟入里、淋漓尽致，令读者在感叹之余又无比钦佩！作者的书评的结构特色表现在多方面：如在文中引用关键词来引领读者跟着作者的思路来剖析作品（《杂谈幸福》、《解读才高八斗的曹植》）；又如在文首以趣味题和设问的方式来吸引读者的阅读兴趣（《我读鲁迅小说之〈伤逝〉》、《听那一串串凄婉的歌谣》）。总之，作者对作品的赏析全面、到位，结构严谨却又不拘泥于传统的书评形式。作者在这里大胆采用开放式、创新式的文章结构对作品进行解剖、评论，让读者感到耳目一新，兴趣盎然！这不能不说是文一虫书评结构的一大特色啊！

当然，文一虫先生的书评除了以上这些特色之外，这本书还有其他特色，只是我这只拙笔无法一一细指出来而已。文一虫先生的这本书犹如为广大文学爱好者打开了一扇文学之窗，通过这扇文学之窗，我们能够领略到文学世界的丰富多彩与无比美妙……

书寄来后，文一虫先生请我为他的书写一篇书评，我顿时感到诚惶诚恐、受宠若惊。是啊！文一虫先生是写书评的高手，而我却要为他的书写书评，这不是班门弄斧、不自量力吗？可是文一虫先生多次叮嘱，我不忍拂其意，遂于紧张而忙碌的高考复习之中抽出时间写下此文，希望此文不至于遭到他的批评。我也祝愿文一虫先生能够继续写出优秀的作品，使更多人能够因此而更加热爱文学，畅游于神圣的文学殿堂，感受文学世界无穷无尽的艺术魅力！

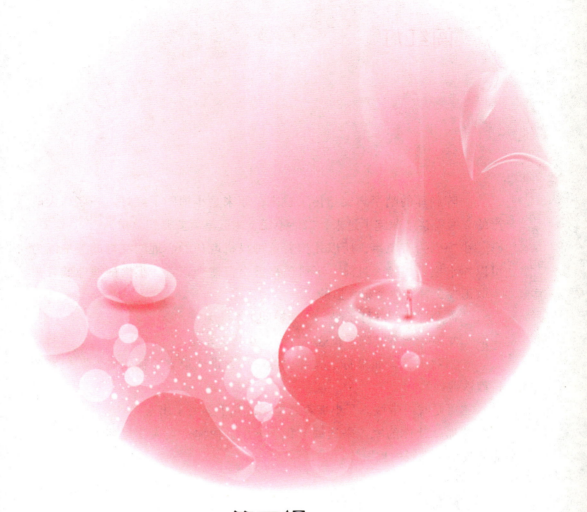

第三辑

永远的祝福

闯红灯

一阵刺耳的哨子声突然传了过来，原来是小梅闯了红灯。一名高大威严的交通警察迅速跑了过来，二话不说，拿起笔就要开罚款单。

小梅因为有急事，所以才抱着这种投机取巧的心理闯红灯的。本以为可以浑水摸鱼、瞒天过海，不料还是被交警逮个正着。小梅惭愧地低着头不敢正视交警，像个犯人似的。

"你知道你闯红灯了吗？"交警问道。

"知道，能不能饶了我这一次？"小梅乞求道。

"当然不行，如果每个人都原谅一次，谁还遵守交通规则？"交警斩钉截铁地回答。

"可是我没带钱。"小梅着急地说，几乎要哭了出来。

"那就让你的家人来送钱。我告诉你，像你这类人我见多了，没一个能从我手中逃脱的！"

…………

"姓名？"

"梅婷。"

"年龄？"

"十七岁。"

"住址？"

"张家街十二号。"

"父亲在哪里工作？"

"公安局。"

"公安局？……我说这……不……你别那么激动，小妹妹，不就是闯了一次红灯嘛，下一次注意点不就行了吗？"

"可闯红灯是犯法的！"小梅怎么也没想到交警的态度会变得那么快。

"法律不外乎人情嘛！再说了，有道是'知错能改，善莫大焉'，只要你下次稍微注意点儿，不就行了嘛！今天的事希望你不要放在心上。"

"那罚款……"

"免了免了，念于你是第一次，可以原谅！——对了，如果你爸爸方便的话，请他在局长面前替我多美言几句，我叫王佳强，大王的王，佳品的佳，强大的强。如果可以的话，希望他能把我调进公安局去——哦，你爸爸在局里是干什么的？"

"保洁员。"

"什么！……保洁员？……我说梅婷呀，这闯红灯可不是件小事啊！国家对交通管理可重视呢！看你才十七岁，还未成年就骑摩托车，这有多危险啊！不行，我身为一名执法者，不能徇私包庇、执法犯法，我要罚你的款！我告诉你，我罚你的款是为了你好，给你一次教训，并且我还要告诉你妈妈，让她以后多教育教育你！"

"对了，你妈妈在哪里工作？"

"公安局。"

交警一听，冷笑一声。

"你妈妈叫什么名字？"

"宗华。"

"宗华？这名字怎么这么耳熟，你妈妈到底是干什么的？"

"是局长。"

小梅说完，就委屈地哭了……

第三辑 永远的祝福

让座

　　汽车站的人很多，熙熙攘攘，嘈嘈杂杂的。大人小孩都手忙脚乱地挤成一团，完全没有一点秩序。我拼命地挤到人群的最前面，被我挤过的人都不断地骂骂咧咧。可当他们看到我一瘸一拐地走路时，便都不吱声了。是的，我是个瘸子，刚生下来，我的家人就发现我的腿有问题。后来，我慢慢长大，同伴们看到我都会用手指着我，相互小声说："看哪，他是个瘸子，他是个怪人，他走路的姿势和我们不一样！""是啊，我们都离他远点，离这个怪人远一点！"在同伴们歧视的眼光中，我开始学会了忍受，学会了坚强，却也学会了宽容。我从来都没有责怪过他们，我也没有怀恨过他们，因为我知道我是命该如此，上天注定我一辈子走路都要一瘸一拐。当我明白了自己的生理缺陷后，我开始训练自己走路的速度，现在我走路的速度已经不亚于一个正常人了。

　　汽车缓缓开来，我迅速地挤了上去，最先找了个位置坐了下来。这是毋庸置疑的，如果我找不着座位就很可能会摔倒——我经历了太多的人情冷暖，知道在这个世上好人并不是很多。平稳地坐下后，我开始观察那些忙忙碌碌正在寻找座位的人。这时一个戴着大墨镜、挂着拐杖的中年男子坐到了我的身边——他坐在外边，我坐在里面。他这个人很奇怪，坐下后就傻傻地望着前方，目不旁视，一动不动，弓着身子，正襟危坐，给人感觉上像电视里的黑帮老大，傲慢而又盛气凌人。我不理他，看着窗外的景色，感到爽朗无比——尽管上天使我的一条腿瘸了，不能正常走路，可它没使我的眼睛也瞎了，我还能看到这个大千世界的五颜六色，对此我就觉得上天对我已经不薄了！

　　汽车到了下一站时渐渐停下，这时缓步走上一名青年妇女，挺着个大肚子。她左看看，右瞧瞧，好像在寻找空出的座位。其实这车上的座位早已被人坐满了，妇女这样做只不过是希望坐着的人能够帮帮她，让出个位置给她，毕竟她还是个孕妇。我相信那时坐着的人除了小孩与白痴之外，没有一个不知道妇女这样做的含义，他们或闭目养神，或侧目旁视，或视而不见，却没有一个人有站起来让座的意思。我想他们也许在想，这样乐于助人的事情应该让那个孩子——我去做！可他们谁又知道我的苦衷呢？这时妇女正好站在我和"大墨镜"的旁边。

汽车又重新开了起来，妇女面露惨色，尽量小心地站稳着，生怕不小心跌倒似的。我看在眼里，过意不去，很想让出座位给她。可是一想到自己那残废的腿，又咬着牙忍住了。突然司机一刹车，妇女一不小心向前冲了一步，差点跌倒。当时她气喘吁吁，脸顿时变白，如一张白纸。这时我发现车上有的人已经有一些不好意思了，脸色变得很难看，可还是没有一个人愿意让座。我想这时如果有外国人在这里，他们一定会诧异地想："这就是所谓的礼仪之邦、文明古国吗？"妇女好像也快挺不住了，她小心地走到"大墨镜"的面前，用恳求地语气说："先生，可不可以……""什么？"大墨镜还是眼盯着前方，视若无睹地回答。我想这"大墨镜"还真会睁着眼睛说瞎话，这么一个大肚子站在他身边，他都能当作没看见，这是铁石心肠。我终于气愤不过，对那位妇女说："阿姨，我让座位给你吧！"那位妇女一看我要让座，忙感激地说："谢谢你了，小朋友！"我笑了笑，说："不用谢！"这时我站了起来。忽然，"大墨镜"问我："你到站了吗？"我生气地没理他，从他身边走了过去。妇女小心翼翼地走到了我的座位，可当她看到我走路一瘸一拐时又于心不忍了。她支支吾吾地说："我看我还是站着吧！你这样……""没事，我习惯了！"那妇女难为情地坐下，可我看出她坐得极不舒服，如坐针毡似的。我紧紧地扶着车把，看着车上其他人——他们大多是二十多岁的小青年，我想："难道这就是祖国的未来吗？"

汽车继续向前开着，尽管我紧紧地扶着车把，可是脚还是止不住那刹车的势头。因为我一不小心，臂膀碰到了"大墨镜"的身体，竟将他的墨镜给碰了下来。我没有向他道歉，那时我想，看你还有什么东西能够遮住你的眼睛。可意料之外的事情发生了，"大墨镜"慢慢地俯下身来，用手在车板上胡乱地摸索着，可墨镜就在他的眼前，这时我才猛然醒悟：原来，他是个盲人！

第三辑 永远的祝福

幸福的泪水

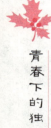

　　沉重而果断的上课铃声终于准时无误地响起来了。同学们都鸦雀无声地在教室里正襟危坐着，因为大家都知道这节是班主任王老师的课。王老师的"严厉"驰名于校内外，已成为这个学校教师教学的一个独特品牌。许多学生都被他的"严厉"栽培过，特别是我，在我的化学成绩史上从没出现过"及格"两个字。前两年还好，任课老师没成什么气候，顶多在同学面前严肃批评我一顿，抑或在我的天灵盖上赏几个"重量级"的爆栗子。对这些小儿科式的惩罚我都不当回事儿，俗话说："打是疼，骂是爱，不打不骂是祸害！"既然如此，我为什么还要把这种事放在心上呢，我还应该感谢老师才对——老师打我骂我那是因为他疼爱我啊！这样想着，我慢慢也就释怀了。可自从上了初三，进入毕业班后，化学任课老师偏偏又是我们的班主任。他知道我的其他科目的成绩都很好，唯独化学提不上。于是对我愈加严厉，愈加"疼爱"，而我也就成了班级里王老师"严厉"施发的主要对象之一。

　　上一次化学测试，我照例地败北。他放出话来，说如果下一次我的化学成绩还不及格，他就要邀请我的父母上学校来参观旅游一下。我当时毛骨悚然，因为在我的学习生涯中还从来没有因为学习成绩差而请过家长，照我姐姐的话来说，这是"奇耻大辱"，因为她就从没因学习成绩差而请过家长，她要是请家长，那一定是去领奖状、接受表扬的。

　　此时走廊上远远传来轻微的脚步声，然后越来越沉重，安静的教室被这脚步声衬托得可怕。同学们的心扑哧扑哧地跳着，与王老师的脚步声的快慢显得一致而又富有旋律。王老师抱着一大摞试卷气势汹汹地走进了教室。他一进教室，发现教室里安静极了，就知道我们已经做好了心理准备。

　　沉默呵，沉默呵！不在沉默中爆发，就在沉默中死亡！死亡是不可能的，王老师正值壮年，正是为国家神圣的教育事业奉献自己一分力量的大好时期，壮志未酬怎么能身先死呢？然而爆发的可能性却很高，因为他的脾气很不好，经常与人吵架，他那上翘下落的嘴唇就可以显露出这一点。这样一来，他那严厉的作风与他那暴躁的脾气是一对孪生兄弟也就毋庸置疑了！

王老师的坏脾气终于不失时机地爆发出来了。他将试卷往讲桌上一摔，好像是和讲桌有不共戴天的杀父之仇似的，大嚷道："你们说你们化学是怎么学的！这份试卷上的试题哪一题我没讲过，是不是？可是你们呢，照样错！还有这化学方程式，氢气加氧气等于水，我让你们天天背，是不是？还是错！你们认为考出这样的成绩对得起不断栽培你们的老师，对得起含辛茹苦地养你们的父母吗？是不是？你们考出这样的成绩难道不应该好好地反思，用心地反思吗？是不是？……"说了几句后，发现自己的火气稍大了点——没办法，中午酒喝多了，酒后失态是可以原谅的。可是因为要为人师表，所以他又想在同学们的心中留下好印象，于是立即将态度来个一百八十度的大转变，又温和地对学生们说："同学们，老师我可把你们当重点大学的希望来培养，你们可不要自甘堕落，要好好学啊！"言下之意，学习成绩不好就是自甘堕落。说完后开始发放试卷，他按分数的高低报名字，报到名字的同学就上去领试卷。王老师发试卷有个特点：在刚开始报名字时，他总是对上来的学生笑容满面，并且鼓励几句，因为这些学生都是班里成绩最好的，所以他看到这些学生就高兴；报到中间的时候，他的表情就会变得平和，因为这些学生的成绩都是中等的，所以他即不高兴也不气愤；可是等他报到最后十几名的时候，他的表情就变得很难看了，有时甚至面目可憎，有时还会训几句，因为这些学生是班里成绩最差的，所以他一看到这些成绩差的学生就来气。由此可见，孔子的中庸思想还是很值得赞扬的！

在他报名字的时候，我一个一个地计算着，一般当他报到第四十个同学的名字时，才会可能出现我的名字——我的化学成绩之差，由此可见一斑！我数着数着，当我数到第三十八个名字时，终于出现了我的名字。我带着一种意外地惊喜走上了讲台，因为平时我的名次都是在四十开外，今天竟能违规，说不定还能及格呢！怎奈从王老师手中一接过试卷，脸就冷了下来：五十九分。尽管比上一次进步了，但终归没有及格，就好比参加百米赛跑，尽管你这一次比上一次进步了，但终究没进入前三甲。我带着乞求的眼神望着班主任，希望他能引发恻隐之心，宽宏大量地饶恕那不知到哪里邀游去了的一分，仿佛那一分有和三国时期吴、魏、蜀三分天下中的一分一样重要。可是王老师这个人偏偏"一分不拔"，死活要我请家长，还说我的家长是"众里寻他千百度"、"不识庐山真面目"……我气得以牙还牙，冲他大吼道："庐山你是见不到了，不过我可以让你见见泰山，只怕你有眼不识泰山！"最后夺门而出。我本想在门上用劲踢一下，以示效果，后来想这门是学校的，不是他班主任的私有财产，再说这门也是无辜的，于是宁可不要效果，最后还是没有破门。

在回家的路上，人群一片片地从我身旁飘过，他们走得那么急促，那么匆忙，像过客一样，没有给我留下一丝印象，我忽然感到人生是多么的迷茫和飘忽啊！于是我又想起了家中的妈妈，半年前一场突如其来的车祸带走了我的爸爸，家庭经济的重担落在了早已下岗的妈妈身上。为了让我和姐姐能够上学，妈妈去做临时工，每天披星戴月，早出晚归。我和姐姐看着妈妈为了让我们能够上学每天疲于奔命的样子，曾在家门口的柳树下发过无数次的重誓：不让母亲操心，好好学习，长大要让母亲吃好的，穿好的，用好的，过上幸福快乐的日子！——可现在我却因为考试不及格而要请家长，不知道妈妈知道后会怎么想？

我左踱又踱，终于踱到了家门口，刚打开门就有一阵香味飘来——我知道这是妈妈在做饭。妈妈似乎听到了推门声，在厨房里喊道："是阳阳吗？今天怎么回来这么晚呀？我差点就要去学校接你。"妈妈裹着围巾两手端着香喷喷的饭菜笑盈盈地从厨房里走了出来。我无话可讲，便问："姐姐呢？""你姐姐呀，她给东城口王爷爷家的孙子补课去了，不回来吃饭了。"妈妈每谈到姐姐总会油然而生一股自豪感，好像一提到姐姐嘴里就会吐出金子似的。我想到姐姐，再想想自己，顿时感到自惭形秽。

吃饭的时候，我才发现今天妈妈做了许多我爱吃的菜，有韭菜炒鸡蛋，白菜熬豆腐，蒜黄炒肉丝，红烧肉，还有猪肝汤……看到妈妈做的满满的一桌自己平时爱吃的菜，又想到自己的学习成绩，总觉得吃了这些菜就对不起妈妈似的。于是对这些菜久久不敢问津。妈妈见我不吃饭，一声不吭，关心地问："阳阳，你怎么了，是不是生病了？"我忙说没有。然后低头用筷子专心致志地调戏着碗里的饭菜。调戏了一会儿，我又抬起头用低得恐怕只有我自己才能听到的声音说："妈，班主任想让您去学校一趟！"

最后的声音细得仿佛中国古代乐器锦瑟上的琴弦，或现代身材苗条女子的水蛇腰，或西方女士那纤长而又白嫩的手指——妈妈仿佛早就料到似的，说："我知道了，你——快吃吧！"

晚上妈妈回家，我知道她刚从学校回来。不知道班主任对她说了些什么。说实话，我现在只恨我自己，为什么总学不好化学，为什么学习成绩总提不高，为什么总让妈妈操心？妈妈慢慢地向我的房间走了过来，我佯装趴在书桌上写作业。

"阳阳！过来，妈妈有话问你。"妈妈对我招了招手，我惶恐不安地走到她的身边，明知故问："什么事？"

"阳阳，你这次化学测试又没及格？"妈妈道。

"只差一分……"我分辩道。

"还是没有及格，你们班主任王老师非常关心你，把你当成重点对象培养，可你呢？不仅不体会老师的一片苦心，还在课堂上公然和老师大吼大叫，不争气，跟你姐姐怎么比！"妈妈恨铁不成钢地说道。

我平生最讨厌别人把我和其他人作比较，因为这世上有些事有些人是根本不能相提并论的。听到妈妈的话，我悲愤交加，竟冲妈妈嚷道："那你就别养我了，专养我姐姐去！"妈妈一听这话气也来了："你还有理，考试不及格，在学校里对老师大吼大叫，回到家对妈妈还犟嘴！——唉！我真是昏了头，每天忙来忙去，就为了你这个不肖的儿子——"说时迟，那时快，妈妈一巴掌打了过来，五个手指印赫然出现在了我的脸颊上。我被她打疼了——我以前从未被她打过！——我感到身心难受，流着泪嚷道："你打呀！你打呀！打死我算了，反正我学不好化学，我就学不好，又能怎样！"妈妈一听这没出息的话，一气之下去又甩了我一巴掌，使我脸的另外一边也留下了五个红手印，形成了以鼻梁为竖轴的对称图形。我哭得更伤心了，妈妈也意识到出手太重了，想安慰我但又不肯放下她那高贵的自尊心，遂叹息着出去了。

妈妈走后，我趴在床上号啕大哭，哭得昏天暗地，心想："我就学不好化学，我就考试不及格，我就不如姐姐，我就顶你的嘴，你如果嫌我累赘，就当没生过我，再把我塞进你肚子里得了……"这样哭着，想着，忽然看到了床头上有个小药瓶——我知道这是妈妈因为每天晚上睡不着觉而吃的安

眠药，据说吃多了就会使人死亡。没想到我竟产生了轻生的念头。我越想越往坏处想，拿着药瓶把它当作妈妈说："你不是嫌我化学学不好吗？你不是嫌我考试不及格吗？你不是嫌我不如姐姐吗？你不是嫌我不肖吗？你不是嫌我累赘吗？好了，以后你不会再嫌弃我了，大不了一死，这样最好，一了百了！"

说完一股脑儿地将药全倒进了嘴里，然后就昏昏沉沉地不省人事了。

再当我醒来时，已经是几天以后了。我慢慢地睁开眼，看见妈妈坐在我的身旁，紧紧地捏住我的手，两眼又红又肿，看来是由于长时间地没休息和伤心流泪造成的，并且额头上又增添了几丝白发。当时我感到很幸福却又感到很痛苦，我知道妈妈还需要我，离不开我，而我也离不开妈妈。妈妈看我醒了，带着皱纹的眉头上露出了一丝喜悦，忙问："好一点了吗，阳阳？"我顿时泪如泉涌，坐起来紧紧地抱着妈妈说："妈！我对不起您，我以后再也不会让您伤心流泪了，并且我会好好学习的，再也不和您顶嘴了，真的……"妈妈只是哭和摇头，不再说话。这时姐姐也来了——原来我躺在医院里。姐姐拎着两只热水瓶，看到我和妈妈抱在一起哭，她也放下水瓶跑过来和我们紧紧地抱在一起，想想我们三个人共同走过的艰难的日子，我们三人哭成一片。我们的哭声也许是伤心欲绝的，痛不欲生的，但我们所流的泪水却是幸福的泪水……

永远的祝福

天啊！真没想到——我们的沈老师竟然在教室里喷了一大口血，然后昏倒了。同学们见到这一惊心动魄的场面之后，所做出的反应可谓千姿百态、千奇百怪。有的手足无措，有的失声惊叫，有的毛骨悚然，也有的目瞪口呆——最典型的就是我。想想当你最尊敬、最热爱的老师突然在你面前吐了一大口红通通的鲜血，然后昏倒在地时，你的感觉是怎样的呢？别人我不知道，但我自己当时的确是傻了，就像武侠小说里被别人点了穴道一样，变得瞠目结舌、不知所措。还是副班长李小梅机灵，她原先也是一怔，但几秒钟后突然就像是意识到什么似的，拔腿就往教室外跑。开始我们以为她是受了刺激，神经错乱从而腿脚不受控制。后来才知道不是，因为几分钟后她带来了李老师——也就是沈老师的老伴。李老师看到吐血过后昏倒在地的沈老师，他的整个脸都发青了，我刚才的表情和他现在的表情相比，简直是小巫见大巫！

见到李老师来了，大家都怔怔地望着他，意思是问他该怎么办？只见李老师迅速抱起沈老师，不停地喊着沈老师的名字。可是沈老师一点反应都没有，像是睡着了似的。李老师见状立刻马不停蹄地向校长室跑去，抓起那部整个学校唯一的电话，迅速呼叫救护车。告诉对方地址后，他又马不停蹄地跑回教室，抱起昏死过去的沈老师再马不停蹄地向学校门口奔去。路边的行人看见带着焦急表情的李老师抱着沈老师都感到奇怪。于是他们一个个都停了下来，然后都非常关切地问李老师要不要帮忙。李老师总是严肃地摇了摇头。十几分钟后，救护车来了，李老师抱着昏死过去的沈老师消失在人群中……

沈老师吐血的事很快地传开了。我们学校的王校长闻讯后也火速地赶来问我沈老师到底发生了什么事。因为王校长不仅是沈老师的领导，也是她早年的学生。由于我是班长（其实是名存实亡的班长），是班级学生中的最高领导人，最具代表性，所以他单独问我。于是我将事情的经过一五一十地告诉了他。他听后又飞速地向医院赶去，临走前还说让我们不要担心，他会带来沈老师的消息的。

那一天，班级里的每一位同学都没心思上课。有的同学都大声号啕起来了，特别是李小梅，哭哭啼啼地拽着我衣袖说："秦俊，如果沈老师死了怎么办？我们会不会换别的老师？我可不希望沈老师死，我不要……我不要……"男人最怕女人一哭二闹三上吊，现在李小梅已经一哭二闹了，我要防止她再上吊。于是我镇定地发出了我做班长以来的第一个命令："别哭啦！——吕宾，你去打水！张龙，你去拿抹布！陈浩，你去找拖把！你们把这血迹擦干，其他人看书！"这些男生见我作为班长平时却都听副班长李小梅的，所以都觉得在女生面前矮了一截，导致了班级里曾出现"阴盛阳衰"的现象。现在我威力发作，而且一发就把李小梅吓得都不敢做声了，事后他们称这为"不鸣则已，一鸣惊人！"

就这样，班级安稳了一段时间。大家安静地看书，没有什么异常，只有几个女生还在小声地抽泣。其实我也在哭，俗话说："男儿有泪不轻弹。"但那是骗人的，不流眼泪的人根本算不上是人，顶多算作植物人。我的哭是一种无声的哭，一种发自内心深处的哭，只有泪水，没有抽泣声。李小梅说我是冷血动物，对沈老师一点都不关心，那是错误的，谁说我不关心沈老师，我现在就恨不得能飞到医院，寸步不离地陪伴着她。但我知道只有管理好班级的秩序才是我此时唯一能为沈老师做的！

几个小时后，王校长带着一脸的哀伤和难过回来了。同学们见到王校长回来了，都扔掉书本一下子从座位上跳了起来，向王校长蜂拥而去，人群密得针都插不进去，其中有开门见山的："王校长，沈老师到底怎么样了？"也有未卜先知的："王校长，沈老师是不是死了？"还有展望未来的："王校长，我们以后该怎么办？"大家拉着、拽着、拖着王校长，以求得他的回答。王校长挥了挥手，意思是叫同学们先回到各自的座位上去。同学们又迅速回到各自的座位上，顿时教室里变得鸦雀无声，安静的得连一根针掉在地上都能听见，只可惜当时并没有针。

只听见校长艰难地吐出几个字："走了……走了……"大家都重复这几个字，然后都面面相觑，感到莫名其妙。我知道王校长所说的"走了"是什么意思，但我却不忍心说出来，怕伤了同学们的心。可是李小梅却毫无顾忌地喊了出来："死了！沈老师死了……"她这一喊，后面的许多同学都此起彼伏地积极响应。一时间，班里哭声一片。王校长怕大家伤心不已，忙对我挤眉弄眼。我想祸是李小梅闯出来的，当然是叫李小梅去摆平，这就是"解铃还须系铃人"的道理。李小梅知道我的意思，于是她又掉头对大家大叫道："不要哭了！大家都不要哭了！如果让沈老师知道了，会生气的！"这话没错，但却起到了反效果，大家哭得更厉害了，一时间班里乱成一团，不可收拾。王校长为阻止哭闹声，又继续说："同学们，不要难过了，现在你们李老师已经将沈老师的遗体带回家了。我知道你们和沈老师的感情很深，所以明天沈老师的葬礼将会让你们班派两位代表去参加，我看就班长秦俊和副班长李小梅吧！"

"凭什么？"

"为什么不让我们去？"

……………

王校长的话引起了公（共）愤，而同学们也有要将我和李小梅大卸八块之势。我和李小梅都望着王校长，可是王校长只是摆了摆手，然后又一脸疲惫地离开了。

第二天一大早，我和李小梅一起来到学校。刚走进大门，就远远地看到许多同学站在教室门口。他们手中拿着东西，有香烟、水果、鸡蛋……我和李小梅面面相觑，不解其意。他们看到了我们都围了上来。我心里感到诧异："昨天还对我们凶神恶煞的，今天怎么这么和气？"正当我百思不得其解时，一个女生冲上来对我说："班长，昨天是我们不对，今天我们向你道歉，这——"她说着将手里的鸡蛋篮塞进我的手里，我以为这是她送给我的道歉礼物，正要叫她不要客气，可她下面的话差点要使我喷血——"这鸡蛋和大家其他的礼物就拜托你和副班长帮我们送给沈——李老师了。"说完其他同学就将手里的烟、酒、水果等物品塞到我和李小梅的手上。我和李小梅极不情愿地接下了他们的"礼物"。就在这会儿，一个女生突然哭了起来，我们忙问其故。她哽着嗓子说："沈老师真是好老师啊！我之所以能够上学全都是靠沈老师的帮助，可如今她……"其他同学也跟着哭了，我的眼睛也湿润了。是啊！沈老师不仅在学习上给了我们极大的帮助，在生活上也对我们照顾得无微不至。当听说我们班上有同学交不起学费而准备停学时，她慷慨解囊，从她那少得可怜的薪水里拿出大部分的钱来资助学生，这样的好老师我们再到哪里去找啊！同学们都还小，不能做出惊天动地的大事情来报答沈老师，只能送些薄礼，可这也是同学们的一片心意啊！此时我感到责任重大，便无比光荣地和李小梅拎着同学们的礼物上路了。

沈老师的家离学校比较远。我想沈老师和李老师每天都是披星戴月地来回赶。走了约两个小时，沈老师的家出现在我们眼前。幸亏有李小梅带路，否则我真不相信这路也有走完的时候。沈老师家房子不大，很旧，好像经不起风吹雨打似的。于是我问李小梅："小梅，你说沈老师家怎么不重盖一栋房子，至少该将旧房子整修整修啊！"李小梅狡黠地对我说："听说有一位沈老师的学生，是个大富豪，他要给沈老师和李老师盖一幢别墅，可被他们拒绝了。""为什么？"我既惊讶又好奇地问，只恨这好事没落在我的身上。"天知道！——也许他们与这老房子日久生情难舍难分吧！"李小梅刚说完"天知道"，自己又变成天了。我们离沈老师家越来越近，最后走到沈老师家门口。沈老师家门口有许多花圈，花圈将他家的围墙都堆满了，使得他家远远地看上去像是一个大花圈。他家的门口有许多人，真可谓门庭若市、车水马龙。沈老师家的门被堵得死死的，我和李小梅拎着东西好不容易才挤了进去。冲到院里，里面人更多，比外面挤得更厉害。这时我们才知道，原来门外的人都是被里面的人给挤出来的。幸好王校长发现了我们，立刻去叫了李老师。一会儿李老师从屋里出来了，我们看到他脸色黯淡，鼻子眼角通红，显然已经哭过了。他见到了我们，勉强地笑了笑，并且带着温和而又怜爱的口气责备我们道："你们也真是的，干吗要来，来就来了，干吗还带这么多东西，也真是的！"于是我们据实回答，说这是同学们送的一点礼物。听到我们的话，他的眼角立即又湿润了，泪珠从他的眼睑一滴一滴慢慢滴下，反射出阳光，衬托着李老师的白发，使李老师的表情变得更加凄凉、黯淡。场面一片安静。最后李小梅打破了这安静，她好奇道："咦，李老师，怎么沈老师的葬礼会有这么多人参加？"李老师听后，擦干泪水，略为骄傲地说：

"哦，他们都是我和你们沈老师的学生。""啊？——这么多！"我想，沈老师和李老师可真是"桃李满天下"呀！李老师又继续解释道，他们有的是富豪，有的是作家，有的是工程师，有的在教育局工作，有的在市公安局工作，也有的做了校长，就比如你们王校长。我一听，感到自己真是有眼不识泰山，没想到，沈老师竟然有这些学生。李老师还说他们中也有平凡无名的，但为了能看到你们沈老师最后一眼，都马不停蹄地从祖国各地赶来，有的甚至从海外飞来……听到这里，我准备哭了，但没想到李小梅竟抢先一步大哭起来。我气急败坏地想，这女人的泪腺真是发达，流泪水跟流自来水没什么区别——我生平第一次感到自己男人没白做！

过了一会儿，一阵鼓掌声响起来。人群中走出一个西装笔挺的中年男子，他慢条斯理而又庄严地走到沈老师的遗体前——沈老师躺在一块大木板上——他从口袋里拿出一张纸，这时我才明白他要演讲。李老师告诉我和李小梅说，那位演讲的先生就是他那位在市教育局工作的学生。从李老师的口气里，我们听到了一种得意的感觉。那位先生讲得的确很动听，当他讲完时台下爆发出了一片热烈的掌声。他讲完后径直向我们走来。然后他和李老师聊了起来，只听见那先生说："李老师，您和沈老师真是好人啊！记得那一年我们初中毕业，我成绩不怎么好，毕业典礼上，沈老师说的一句话影响了我的一生，就是那句话使我从此奋发向上，最后才能得到现在这样的成绩，我难忘啊！"说着说着，那先生潸然泪下。

李小梅忙问我："秦俊，你说沈老师那会儿说了什么话？"

我说我又不是"天"，怎么会知道。她让我去问李老师，我刚想问，突然见王校长气喘吁吁地跑了过来，满头大汗地说："秦俊，小梅，忘了告诉你们了，按照程序应该让你们学生代表也作一次演讲，现在时间来不及了，你们俩快商量，到底谁演讲？"我们吓了两跳，让我们这些小毛孩在这么多大人面前从容不迫、毫无拘束地作一回即兴演讲，那简直是天方夜谭、痴心妄想！我对李小梅说："你文学水平高，还是你去吧！"她却一反常态，和气地对我说："不了！不了！沈老师和你感情非常好，况且你又是正班长，于情于理都应该你去呀！"没办法，班长就必须首当其冲。但我还是犹豫不定，毕竟是第一次演讲。我望着李老师，李老师心平气和地说："去吧，说一些发自内心的话就行了！"他的话给了我信心，我终于厚着老脸走上台。

我看着下面黑压压、闹哄哄的一群人，他们像一群蜜蜂似的，让我的紧张感油然而生，特别是李小梅那幸灾乐祸、得意忘形的神情，使我不由得手忙脚乱起来。台下一张张陌生的面孔齐刷刷地盯着我望，似乎在看我出丑。我顿时惊慌失措，脸向左右望去，突然看到躺在木板上的沈老师。沈老师的面孔吸引了我，因为只有沈老师的那张面孔才是我所最为熟悉、最有亲切感的，尽管那张脸也许现在已经很冰凉了。我目不转睛地盯着沈老师的面孔，开始了我生平第一次事先毫无准备的演讲：

　　沈老师，您走了，悄无声息地走了！可对我们来说却是突如其来，猝不及防，令人久久不能接受的。亲爱的沈老师，您和李老师在我们学校工作近四十年了，你们工作兢兢业业、勤勤恳恳，四十年如一日，甘愿做默默无闻而又不求回报的教育奉献者。你们爱生如子，把我们每一个学生都当成自己的孩子来看待，来培养，来教育。特别是您，不仅在学习上给我们巨大的鼓励，在生活上也给了我们很大的帮助。当您知道班上有许多孩子因为家境困难而不得不退学时，您又义无反顾地从您的薪水里拿出大部分钱给了那些没钱交学费的孩子。您为了培养我们，包括现在站在您面前的这些已有非凡成就的人，付出了太多的心血。几十年后，您终因积劳成疾，悄悄地弃我们而去了。您虽然走了，但您的努力却得到了回报，您培养出了不少对国家、对社会有贡献的人。现在这些站在您面前的成功人士，难道不是您在这几十年里兢兢业业、呕心沥血所取得成就的活生生的见证吗？

　　亲爱的沈老师！您燃烧了自己，照亮了别人。尽管您走了，但您的精神永远地留在了我们的心中，成为无数人学习的榜样，您的精神永存不灭！……

　　当我一口气作完这段演讲时，台下爆发出了经久不息的掌声。与刚才那位先生演讲所得到的掌声相比简直是有过之而无不及。当我在热烈的掌声中走下台时，李小梅兴冲冲地跑过来，差点要和我拥抱，她说我演讲得真是"动之以情，晓之以理，明之以义"。因为刚才太激动了，我懒得理她。只见李老师流着泪赶了过来，手里捏着一封信，对我说："这是沈老师生前就写好给你的！"我更加激动地拿过信，迫不及待地抽出信纸，这时沈老师熟悉的笔迹又映入了我的眼帘。看到她的字迹我又忍不住一阵难过，只见上面写道：

　　秦俊：

　　当你看到这封信时，恐怕我已经不在人世了。不要伤心，不要难过，人固有一死，谁不会死呢？可是我最不放心的就是你们，虽然你们只是我的学生，但我一直将你们看成是我自己的孩子。我死后你们怎么办？谁来顶替我教你们呢？现在我放心了，你们的李老师已经答应教你们了，他会和我一样认真、负责地教你们学习的，你们要好好学啊！不要让我失望，知道吗？

　　秦俊，在全班的同学中，你是最能克制住自己、最为懂事的孩子，也必将是以后所有孩子中最有出息的一个，这也是我让你做班长的主要原因之一！

　　你很懂事！是的，你真的很懂事！沈老师教了将近四十年的学生，每一届在我手中离开的学生，我都会很关心地对他们说一句："我会永远祝福你们的！"可到了你们这一届，我的这一句话可能要戛然而止了——因为几个月前我忽然得知自己得了脑癌，而且是晚期！医生要求我立即住院治疗，被我给拒绝了。在生命的最后一段时间，我不想浪费，我只想和我的学生们待在一起，看着你们慢慢长大，再为祖国做出贡献，这是对我最大的安慰。最后我要说的是，秦俊，我懂事的孩子，我会永远祝福你的，并代我转告其他孩子，说我会永远祝福他们的！……

永远爱你们的沈老师

×× 月 ×× 日

　　读完后，我的泪珠一滴一滴地砸了下来，砸到了信纸上，将上面的字迹给弄模糊了。这时旁边的李小梅拉着我的衣服，可头并不转向我，意味深长地说："秦俊，你看沈老师的脸庞，是多么的温和，多么的安详啊！"我不禁也向沈老师的脸庞望去，心想：是啊！沈老师的脸不仅温和、安详，还带着微笑呢！她带着微笑在天上时时刻刻地看着我们，并且带给我们永远的祝福……

阿呆正传

一

　　阿呆所在的小镇靠近大海，离海不远。当阿呆他娘怀着阿呆的时候，有一天突然心血来潮，嚷着要去看大海，吓得阿呆他爹连忙劝阻，怕动了胎气。可阿呆他娘是属牛的，脾气也犟得像一头牛，怎么劝都不听。万般无奈之下，阿呆他爹只有向邻居借了辆破三轮车，载着已经怀胎十月的阿呆他娘悠悠荡荡地向大海驶去。

　　到了海边，见到汹涌广阔的大海，阿呆他娘的心情异常激动澎湃，肚子因为受到心情的影响，也跟着兴奋地隐隐作痛，后来则发展成剧烈地痛，最终痛得在地上直打滚。阿呆他爹见状知道是快要生了，顿时手足无措、焦急万分，思忖：现在将她送进医院肯定是来不及了，看来只有就地生产了。于是阿呆他爹将阿呆他娘扶到一块平坦的大石头上躺下，然后将自己的外衣脱下垫在阿呆他娘的身下，准备自己接生（阿呆他爹也是一个医生，不是妇产科的，但对接生的知识也略知一二）。经过阿呆他娘两个多小时的挣扎——不对，应该是阿呆他爹和阿呆他娘俩人两个多小时共同的挣扎，阿呆出生了——这就是阿呆鲜为人知的出生史。

二

　　不知是因为海边是阿呆的出生地，还是后天因素居多的缘故，阿呆从小就特别热爱大海，对大海充满着无穷的遐想。他经常独自一人坐在海边深情地凝望着大海，一望就是大半天。镇里的人见他样子又傻又痴又呆，认为他脑子有点问题，农村里的人又都习惯叫孩子"阿猫、阿狗"什么的，总带个"阿"字，于是就都不约而同地叫他阿呆。

　　其实阿呆他娘在生阿呆之前已经生了一个男孩，他就是阿呆的大哥——大宝（阿呆原来也有个名字叫小宝，不过人们都叫他阿呆叫习惯了，小宝这个小名久而久之也就没什么人叫了，就连他的父母也渐渐人云亦云地习惯叫他阿呆了）。大宝比阿呆大一岁，照理说，作为大哥应该平时多关心多照顾弟弟才对，可大宝根本就瞧不起阿呆，他认为阿呆太傻太呆了。至于呆到什么程度，有一件事可以说明。有一次，阿呆他爹给他们兄弟俩一块钱，让他们每人买一个肉包子吃，于是兄弟俩高高兴兴地出去了。过了一会儿他们回来了，只见大宝手中拿着肉包子正在津津有味地吃着，而阿呆两手空空，只有脸上堆满笑容。阿呆他爹不信阿呆这么快就将包子吃完了，于是因惑地问阿呆，包子呢？阿呆笑而不答。这时大宝正好吃完了包子，擦擦嘴，替阿呆答道："他呀，刚刚买的肉包子不吃，看见街角那个可怜的老乞丐，顿时心生怜悯，竟将热气腾腾的肉包子拱手送人，还乐呵呵的——爹，你说他呆不呆！"阿呆他爹听完，顿时火冒三丈、恼羞成怒，同时也替那个肉包子感到惋惜，悻悻道："呆子不可教也！"愤然离去。——你们说阿呆到底呆不呆？

三

这一年，阿呆十岁，大宝十一岁。阿呆他娘觉得他们的年龄都不小了，便和阿呆他爹商量让他们去上学的事情。阿呆他爹听后，思忖了一会儿说："我看还是让大宝去上学，阿呆就不要去了吧。""为什么？"阿呆他娘忙问道。阿呆他爹委婉地说："你也知道，阿呆他脑子有点问题，让他去上学不是跟票子过不去吗？再说留他下来，家里还多一份劳动力，他不是也能替你分担不少家务活吗？我们何乐而不为呢？""可是手心手背都是肉，我们不能偏袒任何一方呀！"在阿呆他娘千方百计、苦口婆心地劝说下，阿呆他爹终于才勉强同意阿呆和大宝一起上学。

可没想到在阿呆上学的前一天发生的一件事，差点让阿呆上不了学。

上学的前一天，大宝突然想："明天就要上学了，一定会遇到许多新伙伴，到时候少不了要买零食吃，可自己没钱，跟爹娘要肯定不给——对了！"大宝想起爹娘的一件白色褂子的口袋里有许多票子，不如拿几张，反正也没人知道。说办就办。天时地利人和，大宝走进屋子，见屋里空无一人，爹娘不在，阿呆也干活去了。但大宝还是小心翼翼地，他轻声慢步地在屋里徘徊，终于发现了爹的那件装钱的白色褂子——原来放在沙发上。大宝环顾四周，再次确定无人后，便开始将手伸进褂子的口袋里。不想阿呆突然从门外冒了进来，此时大宝已经将钱拿了出来。阿呆见后，知道是哥哥在偷钱，诘问道："哥，你怎么能偷爹的钱呢？你知道爹的这些钱挣得多不容易！"大宝知道自己的偷窃行为被发现了，心想：他这样说无非就是没得到好处，待我分一些钱给他，他就不会告诉爹娘了。于是装出亲热的样子，一改平时"阿呆"的称呼，对阿呆道："小宝，你也知道我们明天就要上学了，少不了用钱，爹娘肯定不给，所以我也是为你好，我们一人分一半怎么样？""不能拿，不能拿！"阿呆忙摆手拒绝道，"娘说我们不可以乱拿别人的东西，就算是人家给的也不能拿，更何况偷！"大宝知道阿呆是不会做帮凶了，心里暗暗恨道："阿呆，你总坏我的好事，看我以后怎么报复你！"大宝装作认错的样子，对阿呆道："好弟弟，我知道错了，我保证以后再也不偷了，你就帮我把这钱放回去吧！"阿呆见到哥哥知错了，便很高兴地"嗯"了一声。谁知刚接完钱，大宝突然紧紧抓住阿呆的手，贼喊捉贼："爹，娘，快来看呀，阿呆偷钱！"爹娘闻声而至。爹见阿呆手中捏着票子，人赃俱在，铁证如山。于是气不打一处来，找了一根木棍，不由分说，死劲地打在阿呆身上。阿呆呆呆地站在那里，他没有哭，也没有替自己辩解，因为他知道爹是不会相信的。他强忍着泪水，被他爹打得遍体鳞伤，而大宝却站在一旁偷偷地幸灾乐祸。阿呆他娘见阿呆被打得伤痕累累，真是"伤在儿身，痛在母心"！于是连忙劝阿呆他爹不要打了，说阿呆又傻又呆，做事是不动头脑的。可是阿呆他爹正在气头上，哪肯罢休？最后阿呆他娘用身体挡在了阿呆的身上，阿呆他爹才停手。他扔掉了木棍，长叹道："唉，呆子不可教也！"愤愤离去。但他不再出钱为阿呆上学了。当阿呆知道这个消息后，他流泪了，泪流满面。做娘的也心疼不已，于是从自己的私房钱里拿些钱给阿呆，阿呆才得以上学。

第二天，大宝和阿呆都准备好了，阿呆他娘叮嘱了几句。说完，阿呆他爹也走到了他们面前，但他只对大宝一人说："到了学校要认真听老师的话，好好学习，不许胡闹！"说完便冷漠地离去，对阿呆一言不发，态度冷若冰霜。阿呆知道爹对自己有偏见，心里很难过，可是又不愿表现出来。唉，谁让自己是呆子呢？阿呆和大宝去上学后，阿呆他娘便责怪阿呆他爹对阿呆有偏见，不能做到一视同仁。没想到阿呆他爹反诘道："你还说呢，当年要不是你神经错乱地非要去看大海，才不会生下这个智力低下的呆子呢！"阿呆他娘听后目瞪口呆。

四

大宝到了学校后继续称呼弟弟为阿呆，大伙听这名字很有意思，便都学着叫，一时间全校的同学都知道有个叫阿呆的学生又傻又呆。阿呆却不生气，因为这么多年来他都听惯了，再说大家又不全都是嘲讽的意思，便欣然接受了。

一天早上，阿呆匆匆忙忙地赶到学校。到了学校才发现匆忙之间忘了带家庭作业本了。收作业本的班长无奈，只得报告老师。老师知道后立即来到阿呆面前。其实老师早就讨厌阿呆了，她觉得阿呆太邋遢了。有人说，从一个人的外貌形象上，可以看出一个人的内在品质。这位老师也不外乎有这种思想。可这的确错怪了阿呆，因为阿呆每天都要做很多事，例如洗碗、扫地、倒马桶、喂猪食等，就连作业也是在喂猪时做的，最后忘记拿回，放在猪圈边上了。这样又怎么能干净呢？

老师气势汹汹地责问阿呆："你的家庭作业本呢？"

"忘带了。"阿呆据实回答。

"那你做没做？"老师又问道。

"我做的。"阿呆如实答道。

"口说无凭。这样吧，今天中午我让大宝回去查看。如果做的，那就算了；如果没做，哼哼，那我可不会对你客气！"说完又对大宝说，"大宝，你可不要包庇呀！要公正无私，丁是丁，卯是卯，做的就是做的，没做就是没做。如果真的没做，就要大义灭亲，知道了吗？""知道了！"大宝嘴上虽然这么说，心里却早已打定了主意要陷害阿呆了。

中午到了家，阿呆拿了作业本给大宝看。大宝看了以后对阿呆说："放心吧！别说你做的，就是你没做，我也不会告诉老师的，毕竟你是我的亲弟弟嘛！"听了哥哥的话，阿呆感到很欣慰。可到了学校大宝竟换了一张面孔，对老师撒谎说阿呆根本没有做。平时讨厌阿呆的同学也跟着附和起来说阿呆的坏话。于是老师更加讨厌阿呆了。最终阿呆挨了板子，并且被罚站了半天，站得腿都酸了。可阿呆没有辩解，他知道没人会相信自己的，因为大家都不喜欢他，谁叫他是呆子呢？

五

又一年夏天，老师带阿呆他们去大海游泳。到了海边，老师叮嘱他们只能在规定范围内的浅海游。他们都答应了，于是各自解散。阿呆也准备去游泳，可刚走没几步，就被老师叫住了。他回头走到老师的身边，问："老师，您叫我有什么事吗？"老师和蔼地说道："阿呆啊，我想你一定不会游泳——游泳是很危险的！——所以你最好还是乖乖地待在岸边，既然这样，反正闲着也是闲着，不如顺便帮大伙看东西吧！你要寸步不离地守着大伙的东西，知道了吗？老师知道你是最乖的，所以将这项光荣而艰巨的任务交给你，你可不要让老师失望哦！"说完自己拿着游泳圈和几个要好的女生兴高采烈地去游泳了。

　　阿呆没办法，只有委屈地帮大家看东西，尽管自己很想游泳。这时大宝和平时两个要好的男生走了过来，大宝说："阿呆，娘说你是在海边生的，又那么热爱大海，想必你游泳一定很厉害了！走，和我们一起去游泳吧！"旁边的两个男生也挑衅道："来呀，去游泳呀！"阿呆转过头看了他们一眼，又回过头看管东西。大宝三人于是笑容满面地离开了。他们三个来到海里，游了一会儿，大宝说在浅海里游没意思，不能发挥出他高超的游泳技术，不如往远处游，那才有意思呢。其余两人皆同意。于是他们又往海的深处游去，离岸越来越远。本来他们觉得自己的游泳技术够好，大海又风平浪静，不会出什么意外。可没想到海浪越来越急，越来越大，不断地将他们往海的远处送去，不管他们怎么使劲游都游不回来。仨人急了，大叫救命。其余人在海边听到了他们的求救声，一看，都大声喊道："快回来！你们快回来！"可他们根本不知道大宝他们已经被海浪推着走而不由自主了。大家一片恐慌，像一群蚂蚁似的，着急地团团转，也没有人敢去救。这时忽然见一人以箭一般的速度向大宝等人游去，大家仔细一看，都大叫："阿呆！阿呆！"大家都被阿呆的游泳技术给惊呆了。阿呆的游泳技术在他的这个年龄可以说是无与伦比、出类拔萃的。

　　阿呆拼命地往大宝等人游去，顶过一层又一层海浪，见到两人，抓着他们就往回游。游到岸边，大伙都迎上去。这时被救人中有一人叫道："大宝还在那里呢？"大家恍然大悟。此时阿呆已经筋疲力尽，可听说哥哥还在海里，又奋不顾身地游去，而此时的大宝正在大海中拼命地挣扎，绝望地想自己完了，突然看见一人以飞快的速度向自己游来，惊喜交加，定睛一看，原来是阿呆——不，是自己的弟弟小宝！他忙呼喊："小宝，我在这里！"他怎么都没有想到，来救他的会是他的弟弟。阿呆抓住大宝的膀臂，用尽最后一点力气拼命地往回游。有好几次他们都被海浪冲了回去，可是阿呆都顽强地游了回来。刚游到海边，阿呆便"扑通"一声倒下了。大伙正要赞赏这位英雄，忽见英雄倒下了，都不知所措。伙伴们看着阿呆安静地躺在沙滩上，纹丝不动，以为阿呆死了，都像失去了亲人似的失声痛哭。大宝哭得尤为伤心。只有老师没有哭，她迅速地将两手摆成交叉状，然后用力地挤压阿呆的肚子，最终将阿呆肚子里的水都给挤了出来。过了一会儿，阿呆动了一动，慢慢地睁开眼，环顾四周，见大伙都在为自己伤心流泪，心里特别感动，于是微微一笑。大伙见阿呆笑了，知道阿呆好了，都像吃了蜜糖一样开心。这时阿呆好像忽然意识到了什么似的，忙问老师："哥！哥！——老师，我哥呢？""我在这里，小宝！"大宝流着悔恨的泪水出现在阿呆的面前，对阿呆说："小宝，以前的一切都是哥的错，哥我嫌你傻，嫌你呆，处处都刁难你，你会原谅哥吗？"阿呆这时也泪流满面，哽咽着嗓子对大宝说："哥，我从来就没有恨过你！"大伙见到这样的情景感动得无不为之泪下。还有几个平时都讨厌并经常刁难阿呆的同学也都对阿呆说："小宝，对不起！以前都是我们不好，我们都嫌弃你，认为你又傻又呆，你可以原谅我们吗？"阿呆不语，只是对他们破涕一笑，表示原谅。最后老师说："同学们！看到你们能知错就改，我真是太高兴了！俗话说：'患难见真情'，通过今天的事可以看出阿呆是一个非常善良、非常勇敢的好孩子，他并不傻也不呆，你们说对不对？""对！"大伙齐声叫喊道。阿呆很开心，因为这是他第一次受到老师的表扬和同学们的赞赏。最后，大宝决定自己将阿呆背回去，可其他人都不同意——凭什么让他背英雄，而不是自己？为了这件事，差点吵了起来。最后还是老师站出来说："我看还是大家轮流背吧！"于是，阿呆在大伙的前簇后拥下给背回去了。

　　黄昏时分，夕阳西下，大海终于平静了下来……

青春下的独白

冲动记

　　"不好了……不好了……"韩磊急匆匆地从班级向办公室跑去。这时办公室里正俨然坐着几位老师，他们都在认真地备课。当韩磊的叫喊声从走廊上以三百四十米每秒的速度以空气为媒介传过来时，这几位老师都皱了皱眉头。因为这时候正是晚上，学生们都在认真地晚自习，老师们也都在专心地备课，所以不管是教室还是办公室都显得很安静。在这几位皱眉的老师中，有一位老师的眉头皱得最紧，甚至可以说是紧锁了，他就是韩磊的班主任庄成虎。庄成虎根据音色已经判断出发出尖叫声的是自己班级的班长韩磊，心里不禁产生一种厌恶，心想有机会一定要找个借口把这班长给撤了另换一个。

　　韩磊一路狂奔跑进办公室，然后迅速扫视了一下，终于看到了班主任庄成虎，焦急地对他说："庄老师，不好啦！"其他老师一看原来发出怪叫声的是庄成虎的学生，都想："这庄成虎的学生怎么这么没有礼貌，没有规矩，大喊大叫！"只可惜他们这想法只能是想法，不能说出来，但是"怒形于色"还是可以的。庄成虎这时也猜出了同事们的想法，再一看同事们脸上厌恶的表情，这猜测也就确定无疑了。为了表明自己训"生"有方，就冲着韩磊大吼道："什么事情这么着急，是天塌下来了还是地崩开来了？用得着你这样狂喊乱叫吗？真是一点规矩都不懂！"韩磊好像没有听到庄成虎的批评——或者听到了也不以为然——依然大声叫道："姚松和沈杰两人打架了，打得如胶似漆、难解难分！""什么？"庄成虎一听，知道事态严重，吓得从办公桌上跳了起来，此时也不管什么礼貌不礼貌规矩不规矩了，马不停蹄地向班级赶去，韩磊紧跟其后。庄昌虎一走，办公室里的老师就都忍不住笑了起来，齐夸庄昌虎的学生真是天才，连"如胶似漆"这个成语都想得出来，其中有一位中年男老师还故意开玩笑地对其他老师说："名

第三辑　永远的祝福

师出高徒，名师出高徒啊！"说完，整个办公室都沉浸在一片笑声之中。

当庄成虎赶到教室时，教室里学生们正围成一团。他们见班主任来了，纷纷让开，表示对老师的尊敬——实际上是想让老师快点解决问题。庄成虎走近一看，只见沈杰捂着头躺在地上呻吟，而旁边站着的正是和沈杰打架的姚松——他明白自己闯了大祸，已经惊吓得呆若木鸡了。

庄成虎见状似乎对事情的经过猜到了一二。他忙令韩磊扶着沈杰一齐朝学校大门口走去。姚松因为是闯祸者，不得不与他们一起前行。到了校门口，庄成虎叫了一辆早已停在学校门口等待生意的马自达，四人坐上后直向县医院驶去。

夜晚暮色朦胧，马自达轰隆隆地在马路上奔驰。到了医院，庄成虎先付车费，姚松和韩磊两人扶着正在呻吟的沈杰向门诊部走去。沈杰的一只手紧紧地按着头，做出异常疼痛的样子，尽管他的头并没有流血。

姚松和韩磊两人一左一右地扶着沈杰，却各有想法。韩磊想的是，没想到几年不见，这家医院的变化这么大，记得两三年前他来看病的时候，这家医院只不过是一家小医院，无论从土地面积还是从房屋的规模来看都远远不及现在，由此观之来这家医院看病的人非常之多！姚松想的是自己这次闯了大祸，沈杰上医院看病要钱，这些钱显而易见是自己出，可自己的钱从哪里来？还不是父母掏！姚松知道自己家里的经济状况，爸爸是个瓦匠，帮人家修补房屋，妈妈是个蹬三轮车的，每天顶着烈阳冒着热汗才挣到几块钱，要是同学看病要个千儿八百的，家里哪里拿得出来？父亲非把自己打个半死不可！——至于沈杰，他现在头都疼得快炸了，哪里还有心思去想事情，显然是没想法了。

到了门诊部，庄成虎先付了挂号费，然后带着沈杰去脑科接受检查。在沈杰接受检查的时候，庄成虎将韩磊叫了出来，两人走到医院的广场上。夜晚，医院的广场显得空旷而又冷清。庄成虎向韩磊询问事情发生的起因。韩磊见庄成虎十分郑重地问自己，于是将事情的起因、经过都一五一十地告诉给庄成虎。庄成虎听后蹙了蹙眉，背对着韩磊说："现在的学生可真让人烦神啊！"说完之后好像要消除这"烦神"似的，从口袋里掏出一包香烟，抽出一根含在嘴里，拿出打火机准备点燃。可当他刚准备点燃的时候却又半途而废了，因为他意识到了这里是在医院。虽然在医院的广场上可以抽烟，可是过不了多长时间他又要到医院屋里去，这样烟就得扔掉，这么好的烟怎能这样浪费呢？最终他不得不将嘴里含着的烟又塞回烟盒里，使那根香烟死里逃生。

韩磊望着庄成虎的背影，终于体会到了做老师的艰辛。可是他有一些话不愿憋在心里，非说不可。他鼓起勇气向前一步，对着庄成虎的背影道："庄老师，还有一件事情我不知道该不该说？"庄成虎好像意识到了事情的重要性，转过身来，轻声问道："什么事？"

"就是姚松的事，今天的事都是他一时冲动所造成的，他做事从来不顾后果，和他爸爸一样……"

"和他爸爸一样？"庄成虎满脸疑惑地问。只可惜当时夜色太浓，韩磊看不到庄成虎惊讶的脸，但却可以听出他的声音。

"是的，我听同学们说，姚松的爸爸脾气很暴躁，动辄就打姚松的妈妈和姚松，什么事都喜欢用武力来解决，所以姚松从小就养成了和他爸爸一样暴躁的脾气，一与别人发生争执或摩擦就会冲动，一冲动就会动手打人，全然不顾后果。"韩磊一口气说了这么多话，一方面是因为紧张过度，另一方面是因为他太了解姚松，知道姚松现在已经后悔不迭了，他希望庄成虎不要过分地责怪姚松。

庄成虎听后叹了口气，说："都说'冲动是魔鬼'，现在想想，真是至理名言啊！"

韩磊点点头，表示赞同。

这时只见姚松从脑科里有气无力地走来，对庄成虎说，脑科里给沈杰检查的医生要找他谈话。庄成虎听后立即向脑科疾步而去，韩姚二人也尾随其后。

当庄成虎等人走进脑科时，那医生已经给沈杰检查完毕，现在正在办公桌上正襟危坐着，一脸复杂的表情等着庄成虎，似乎有话要询问。那医生是个男的，看上去已有五十出头，长得其貌不扬。孔子说"五十而知天命"，可那医生的样子看上去好像还不知道什么是天命。此时他见庄成虎等人来了，露出满脸凶相，呈着这凶相，即使没病的人看了也要马上吓出病来。尽管这位医生的相貌与韩磊心目中白衣天使的形象相去甚远，大相径庭，但韩磊想，长得丑并不是他的错，错的是长得这么丑还要出来吓人，

第三辑 永远的祝福

更让人气愤的是还要做医生来吓病人，使病人病上加病，痛上加痛，这恐怕也正是医生所要的效果吧！沈杰这时躺在旁边的单床上，一只手还捂着头，却没有发出痛苦的呻吟声，就好像已经经过具体治疗措施似的，看来检查病情这回事就跟望梅止渴画饼充饥一样，能够鼓舞人心，能给人以心理的保障，转移病人对痛处的注意力。

庄成虎闯荡社会多年，深谙世故，一见到医生，忙从口袋里掏出香烟，将那根刚刚死里逃生的香烟抽出递给那老医生。那老医生想拿，可又怕被别人看见，于是向门口瞥去，此时正好有一位年轻的男医生走了进来。老医生见有人，忙推开庄成虎敬烟的手，口是心非道："不抽，不抽，医院里是不允许抽烟的，这规定难道你不知道吗？"说完又看看那个年轻医生，好像在说：你看看我多清廉，不拿病人的一针一线，多学着点！——当然，如果真的只是一针一线的话，他也不会要的。庄成虎见又有医生进来，想敬烟不能只敬一个人，要敬就都敬到了。于是又抽出一根香烟递给那年轻医生。那年轻医生初出茅庐，可谓"初生牛犊不怕虎"，不拘于医院的规矩，忙客气地从庄成虎手中接过香烟，笑嘻嘻地放进工作服的口袋里。庄成虎见生米已煮成熟饭，又走到老医生面前，毕恭毕敬地将香烟敬上去。那老医生见有"有福同享，有难同当"者，胆子似乎也壮大了些，又瞥见庄成虎的香烟牌子似乎还是名牌，遂禁不住诱惑，接了下来，然后放进了抽屉里，使那原本可以再次死里逃生的香烟三度被判了死刑。

生米终于煮成熟饭。庄成虎见二人已经收了自己的好处，所谓"拿人钱财，替人消灾"，想下面说话办事也容易些。于是低声询问老医生："请问医生，那孩子到底得了什么病？"那老医生一听，气得满脸通红，想这人知识水平怎么这么差，"病"与"伤"能是同一个概念吗？本想冲他吼一下，详细阐明"病"与"伤"的定义，后来想到顾客至上，遂又将气愤的脸松弛了下来，冷冷地看着庄成虎，强压着气愤，心平气和地说："你先坐下来吧！"庄成虎听后顺着旁边一条板凳上坐了下来，韩磊和姚松二人在后面并排站着，俨然两个保镖。

"你是这些孩子的老师吧！"庄成虎坐下后，老医生半带猜疑地问道。"是，是，我是他们的班主任。"庄成虎虽在嘴上承认，心里却巴不得自己不是，那样就不会有这事端了。"哦！"老医生听后点了点头，表明自己的未卜先知。庄成虎见老医生答非所问，非要与老医生的回答不见不散，于是再接再厉道："医生，这孩子到底咋样？"

"他啊，可能是脑震荡。"老医生道。

"什么！"仨人不约而同，异口而出。

"你说你们老师是怎么当的，我刚才问了那孩子，说是因为打架的缘故。你说你们怎么老是打架？"说着说着不禁义愤填膺，好像就是庄成虎和人打架似的。正准备再训几句，可忽然又想起刚才收了他一根香烟，遂换了一种口吻，又问："你们是哪个学校的？"庄成虎因为被医生训了一顿心理正委屈，忽听医生的口气似乎要转换攻击目标，想"冤有头，债有主"，索性将责任都推给学校，自己也落得干净，于是朗声道："市三中。""市三中？"那老医生像是听到杀父仇人的名字似的，咬牙切齿道："我就知道是市三中！每次因打架而来看伤的学生当中，十个有九个是你们市三中的，你说你们市三中怎么有这么多的学生爱打架，你们老师是干什么的？"俨然一副老子训儿子的口气。旁边的那位年轻医生听后好奇地问道："那您老曾经是哪个学校毕业的？"老医生听后先是一愣，片刻后又恢复常态道："我呀，我也是市三中毕业的，不过我们那会儿学生没有现在这么顽皮，动不动就打架，我们那会儿学习的时间都不够，哪有空闲去打架啊！——唉！真是一代不如一代！"庄成虎想："老师的任务只是教授学生文化知识，其他事情又怎么管得了？再说了，素质教育这类事也不该由老师去管，韩愈不是在《师说》中说：'彼童子之师，授之书而习其句读者，非吾所谓传其道解其惑者也。'可见要'传其道解其惑'必须另寻他人，与我们老师又有多大关系啊！"心里不禁替天下所有老师感到不平。

"必须要留院观察，"须臾，老医生指点迷津道："只有这样我们才能知道有无相应症状出现。"庄成虎处在为人师的地位，出于对学生学习的考虑，并不希望沈杰住院，因为中考之日即将来临，庄成虎怕耽误了沈杰的学习，遂将缘由诉之与老医生，希望老医生能用药物代替或缓日至中考结束以后再住院。不料那老医生蛮不讲理，龇牙咧嘴道："不行！不行！必须住院，不住院不行，现在就办住院手续去！"站在庄成虎后面的韩磊看不惯——不，是听不惯老医生的这种强制性的口吻，插嘴道："我认为住不住院应该由患者家属决定吧！"那老医生一看说话的是个小孩，可谓"乳臭未干"，根本就不放在眼里，不屑一顾道："好啊！如果患者出个什么问题的话，这个责任又该谁负呢！"这句话说得通情达理，无懈可击，不明原理的人还真以为医生是在为患者着想呢。韩磊无语以对，只仰望屋顶，心中也终于明白为什么这家医院会在短短的时间内发展得如此之快！

最后在老医生的"强烈关怀与规劝"下，庄成虎终于做出了让步，"不过，"庄成虎又说，"您知道这件事是姚松这孩子惹起的，理应由其父母承担责任，所以住院这件事我要找他父母商量商量，我只是一个老师，做不了主的。"老医生听后觉得有道理，就点头同意了。于是庄成虎问起了姚松家里的电话号码，然后拿出手机走了出去。

过了一会儿，庄成虎又回来了，说："我已和姚松的父亲联系好了，他一会儿就赶过来，并且同意住院，一切费用由他承担。"老医生听完满意地笑了。韩磊看着医生的笑，心里不是滋味。当姚松知道自己父亲即将到来时，有点胆怯了，心想三十六计，还是走为上计，尽管逃得了和尚逃不了庙。他对庄成虎说："庄老师，既然我父亲来了，那么我要走了。"

"上哪儿？"庄成虎很负责任地问。

"回家。"姚松道。

"你是走读生吧？"庄成虎又问。

"嗯。"姚松答道。

"那你怎么回去？"庄成虎继续问。

"走回去，我家离这里不远。"姚松撒谎道。

庄成虎明白姚松此时的心理，遂同意了。于是姚松默然离去。看着姚松离去，韩磊心里更不是滋味。而躺在一旁的沈杰见此情景也是愁眉苦脸，看来他已经原谅姚松了。

过了约一刻钟，姚松的父亲赶来了。此公给韩磊的第一印象就是结实强壮，虽然衣服不怎么干净，但很整齐。姚父一看到庄成虎，忙不迭地赶上来，殷切地问："老师，那孩子怎么样？"庄成虎道："医生一定要他住院，恐怕要你破费了。"姚父点了点头。然后庄成虎将姚父带到那老医生面前，那老医生让他们去住院部找床位。当然在离开前姚父被医生用"养不教，父之过"等语批评了一顿自不在话下。

离开门诊部，四人向住院部走去。庄成虎和姚父走在前面，韩磊扶着沈杰走在后面。住院部与门诊部分别处在医院的东西两头，所以其中有一段不短的路程。庄成虎等人走了将近五分钟才到住院部，医院之大由此可见一斑！

几人到了住院部，找到了值班护士。那护士一看到庄成虎等人，笑盈盈地，满脸写着"欢迎光临"。庄成虎将情况说了一遍，意欲要住院云云。那护士听后又是一笑，说："空的床位有的是，不过你们要先到门诊部办理住院手续，然后我才能带你们去找床位——你们住院手续办了吗？"这一问，问得四人面面相觑。庄成虎暗思：刚刚从门诊部过来，再跑过去不是太麻烦了吗？遂对护士笑道："护士小姐，要不这样，让这位先生先去办住院手续，我和您去找床位，怎么样？"那护士已四十出头，被庄成虎几声小姐一叫，不禁童心大发，喜之不尽，连道："这样也好，与人方便，与己方便！"遂领着庄成虎去找床位。庄成虎对姚父叮嘱了几句，姚父点点头。庄成虎又叫韩磊陪着姚父一起去，韩磊同意了。

之后庄成虎与护士小姐去找床位，韩磊则陪着姚父去门诊部，两人按原路返回。姚父满脸不安，步伐也奇快无比。韩磊紧跟在姚父背后，看姚父横眉蹙额，不敢言语。走了半晌，姚父忽然意识到了后面还有一个孩子，为了不冷落他，问道："你和俺家松松是同学啊？""是的，我是班里的班长。"姚父听后，像见到什么大人物似的，顿时肃然起敬，走路的速度也慢了许多。韩磊突然想起姚松，问姚父道："叔叔，您看到姚松了吗？""看到了！俺来的时候他正在路边耷拉着脑袋徘徊呢！"韩磊知道姚父是那种没有文化修养的人，可谓"素不闻《诗》、《书》之训"，又害怕他回去后会暴打姚松，遂胆怯地轻声劝道："叔叔，您回去后不要过分责怪姚松了，发生这样的事情他也不想。""不想这样？哼！这畜生，回去不抽他两顿才怪！上次就因为与人打架，被俺在院子里罚跪一天，要不是他奶奶与他妈妈一把眼泪一把鼻涕地求情，有他好受的呢！"韩磊很鄙夷用这种体罚方式来教育孩子，遂规劝姚父道："可您想过用这种方式教育孩子会有效果吗？"当时他们两人正走在医院的广场上。广场很大，也很安静；月亮高高悬挂，月色也很明亮。在广场的中间矗立着一尊铜相，是一个慈祥的母亲抱着一个刚出生的婴儿，月光洒在铜像上闪闪发亮，看上去像是这位母亲所流下的泪水。在月光的映照下，韩磊突然看到姚父的眼角噙满了泪珠。这些泪珠在月光的作用下，反射出刺眼的光芒。韩磊不禁多看了那铜像几眼。这时姚父忽然哽咽着说："俺想这样吗？俺也不想打他，俺是急得啊！有哪个父母愿意打自己的娃娃？可俗话说：'棒下出孝子'，他这个样子俺不打他叫俺咋办？"——说着，姚父泪如雨下。韩磊心想，这个坚强的父亲终于流泪了。——"班长，不怕你笑话，俺是个粗人，没上过几年学，因为那时候家里穷，俺爹不让俺上学，以至于俺现在没有学历，没有文化，只能做苦力活。俺现在是个瓦匠，帮人家修补房屋，虽然很苦很累，可俺一想到俺家的娃娃需要钱上学时，俺这精神就会为之一振。俺吃过没上学的亏，所以俺一心要让俺家的娃娃上学，可没想到——"说着姚父用一只手捂住脸，生怕被别人看到似的。韩磊听完姚父的一席话，又想到自己的父母，自己家虽然没有姚松家那样困苦，可父母为了自己的学习也不容易，心想以后一定要好好学习，不能辜负他们对自己所付出的努力与心血。韩磊望着姚父，不经意间瞥到姚父后脑有几簇稀疏的白发，想姚父才四十几岁的人就已经未老先衰了，不禁悲从心来，真是"可怜天下父母心"啊！

又走了一会儿，韩磊问道："那他妈妈呢？"姚父听后道："他妈妈倒上过几年学，听说成绩还非常棒，经常是全校第一！可她父亲重男轻女思想严重，觉得女孩迟早要嫁人，于是只让她上完小学就辍学回家了。由于没有文凭，现在和俺一样做苦力活——蹬三轮车，每天早出晚归，不管打雷下雨都无法阻挡她出去蹬三轮车。有时候出去一整天都挣不到一分钱，想起来也真够苦的，每当烈日高照的日子，她回来总是汗流浃背的，有时俺劝她在家休息两天，又不是上班，可她总是说：'不行，俺们不吃饭，娃娃还要上学呢！'可谁想到这孩子——唉！俺来的时候她还在家里哭呢！"韩磊听完不禁同情起姚松的父母来。

两人终于来到门诊部。姚父用衣袖将眼睛擦了擦，害怕别人看到他脸上的泪痕。这一平常的动作被韩磊捕捉到了，韩磊想："这位外表看上去非常坚强的父亲只肯在孩子面前流泪，在大人面前是断无流泪的道理的。"找到收费处，收费处的窗口虽很大，可进出口却小如鼠洞。姚父横着脸客气地对里面的人说："住院。"里面久久没反应。姚父见久无反应，仔细看一下，才发现里面的人正在呼呼大睡。韩磊见此情景，来个狮子吼，吓得那人一大跳，以为医院着火了，跳起来却发现有两个人站在窗口处，知道是来交费的，可又不满于他们刚才将自己从温柔乡里给拉出来，也大吼道："干什么？"姚父道："哦，对不起，医生，打扰您睡觉了，我是来交住院手续费的！""住院手续费吗？——一千元整。"姚父像听到天文数字似的，以为那人是为了报复刚才的事情而开玩笑，遂笑着对那人说："您是不是记错了？""谁记错了！老子干这行干了几十年了，还没有人敢说我记错了！你到底交不交！你不交就给我滚，别影响老子睡觉！"姚父一听，害怕那人真的再睡觉，吓得忙赔笑道："交！交！交！"然后从怀里小心翼翼地掏出一团手帕包起来的东西。韩磊不知为何宝物，要这样郑重其事地包起来。只见姚父将手帕一层一层地打开，到最后终于"帕穷币现"，原来里面裹的乃人民币也！姚父将人民币数了数，一共是十张，每张一百元整。姚父仔细地数了两遍，然后一张一张地递给里面的人。里面的人似乎怪他不肯十张一起给似的，生气地催道："快点儿！"终于，十张一百元人民币都递交完了。姚父将那手帕又重新整齐地叠起来放进口袋里，嘴里还自言自语道："唉！本来准备给娃娃明年交学费用的，现在看来只能另想办法了！"须臾，那里面的人开了几张手续证明给姚父，并且说交到住院部即可。姚父小心地抱起这几张证明，像抱着三代单传的婴儿似的，和韩磊又匆匆往住院部赶去。

来到住院部，那值班的护士小姐已等候多时，见到他们赶来，忙问："手续办好了吗？""办好了，办好了！"姚父满脸沉重地将"证明"给那护士。护士看完收了起来，带着他们往沈杰所在的病房走去。

到了沈杰所在的"101"病房，韩磊特别注意了病房的号码，以便下次与同学们一起来看望沈杰的时候不走错地方。这时姚父与韩磊发现沈杰已睡在了床上，正吊着盐水，庄成虎则坐在床边悉心照料着。护士走到沈杰旁边和蔼地问他感觉怎么样，沈杰点点头，表示还好。护士遂走了出去。护士走后，庄成虎问姚父一切都办妥了没有，姚父点点头。然后径直走到沈杰身边，面带愧色地说："孩子，真的很抱歉，俺家那逆子打伤了你，我回去会找他算账的，你放心，你治病的所有费用我就是卖了房屋卖了田地也会给你付的，俺们虽然是粗人，可是打伤了人要把别人治好这一点道理还是懂的，只是耽误了你的学习！""叔叔，您快别这么说，这件事不能全怪姚松，我自己也有很大的责任，你千万不要过分为难他！"沈杰经过这件事情后，变得懂事多了。姚父听后很感动，说："你放心养病吧！"说完后又调头对庄成虎道：

"老师，您也回去吧！您明天还要上课，别耽误了孩子们的学习！"庄成虎点了点头，说："那这里就麻烦你了！""放心吧！有我照料着呢！"庄成虎道："好的，那我们就走了！——沈杰，你放心看病吧！等你痊愈了，你耽误的功课我会找时间帮你补上的！"沈杰躺在床上道："谢谢，庄老师！"姚父坚持要送庄成虎到医院门口。到了医院门口，

庄成虎让姚父不要再送了，快回到沈杰那里去，并且语重心长地劝他"事已至此，勿要过分责怪姚松，更不可动手打他"。姚父听后想了一会儿，终于点了点头。庄成虎见姚父点了头，遂与韩磊叫了一辆三轮车，然后向学校驶去。

坐上三轮车之后，他们才发现此时的夜色已经很浓了，凛冽的寒风肆无忌惮地扑面而来，丝毫不将二人放在眼里。二人都不由自主地打了个喷嚏，于是不得不将衣服裹得紧一点。一路上二人都默默不语，场面非常安静。为了打破这安静，韩磊将姚父所说的话与自己所见到的情景都告诉庄成虎。庄成虎听后也很感慨地说："我知道姚松家里困难，所以始终没有和他父亲索要挂号费。——唉！这就是一时冲动所受到的惩罚啊！"庄成虎说完后奇怪韩磊为何竟毫无反应。原来韩磊正抬起头仰望星空，并且自言自语道："为什么月亮会有时圆有时缺呢？"庄成虎听完这话后笑了笑，然后将身体倚了下来，惬意地闭上眼睛，喃喃道："是啊，为什么月亮会有时圆有时缺呢？"……

第四辑

文学梦

博大的关爱

教育应该把人性关怀放在首位。

——杨红樱

　　大概是两个多月前，我乘汽车去看望外县的一位同学。可能因为是礼拜天，车上熙熙攘攘的有许多乘客。他们虽然来自不同的地方，可是能聚到一起就是一种缘分，所以大家彼此都有一种亲切感，车里的气氛也渐渐活跃起来。车至途中，上来一位年轻又漂亮的姑娘，看上去二十来岁，长得清秀脱俗，楚楚动人。她上车后就左顾右盼地找位子，当时正好我的旁边有一个空位子，便主动打招呼让她坐在我的身边。她一开始还有点不肯——女孩子嘛，总喜欢表现出一副矜持的样子。可是经不住我的再三邀请，当她发现车上已经没有其他空位子的时候，就不再推辞了。她从从容容地坐了下来，我也往里面移了移，以便给她较大的空间。她坐下后我就主动地与她搭讪，很快我们就一见如故，大有相见恨晚的感觉。我们聊得非常快活，无拘无束，畅所欲言。

　　过了一会儿，又到了一站。这时上来了一个背着小提琴的小男孩，这个小男孩看上去十二三岁，面带愁容，显然是不愿意在这个被西方人认为神圣不可侵犯的连上帝都要休息的假期里被逼着去练琴。不知怎么的，我发现身边的这位姑娘一直注视着这个小男孩，她的眼中不时地闪出一丝哀愁的目光，这与刚才我们侃侃而谈的气氛截然不同。我便关心地问她怎么了，是不是晕车了？（我知道现在的女孩子体质普遍都很差，晕车也是很正常的。）她转过头来对着我摇了摇头，然后又轻轻地叹了口气，对我说："你愿意耐心地听我讲一个故事吗？"我回答说没问题。她又说在她讲的时候希望我不要打断她的话，这我自然也答应了。然后她便讲出了下面的这个故事……

那是在上大一的时候，我刚刚踏进大学的校门。同学们为了减轻父母的负担，都在课余期间出去做一些临时性的工作，如到餐厅做服务员，帮人发宣传单，做翻译，当家教……有位同学劝我去做家教，他说，做家教很舒服，一天只需几小时，价钱也都是按小时来算的，随教随走，所教的也都是一些中小学生，你英语那么棒，不会连中小学生都教不好吧？我觉得她的话很有道理，便决定去做家教。于是我在人才招聘网上发了个帖子，看看是否有人要招聘英语家教。

帖子发上去以后，我就不再过问了。几个星期后，我的手机突然响了。打来电话的是个三十多岁的女人。我问她，有什么事吗？她疑惑地问："你是不是要应聘英语家教？""家教？"网上招聘的事又浮现在我的脑海中。我忙说："是啊，是啊，你们需要英语家教吗？"她不慌不忙地回答："是的，我们是需要一名英语家教，价钱不是问题，只看你们的教学质量了！"我惊喜地答道："好啊！教学的质量不用怀疑，绝对教得好！"——不知道从什么时候开始，我发现我越来越会吹牛了。可是现在的人出去找工作都需要进行自我推销，而且也我相信自己的实力。最后我问清了她家的地址，我们约好了下个礼拜天的上午八点钟我去她家开始教学。

礼拜天上午，我按照她约定的地点——也就是她家——来到了一所豪华小区面前，小区里面都是高雅的别墅。我想我以后也要住上这样豪华的房子，并且将父母一起接过来住。可是残酷的现实告诉我，我没有钱，也就是"money"，所以我现在要做的事情就是努力挣钱。我缓步走进小区，来到一幢富丽堂皇的别墅前。我有点紧张地按了一下门铃，开门的是一个十几岁的小男孩，就和这个背小提琴的男孩差不多大（说着她就用手指了指那个小男孩）。那个小男孩满脸敌意地看着我，问："你找谁？"我看了看门牌号，自言自语道："没错啊！"然后又对小男孩道："小朋友，你们家是不是要招聘英语家教呀？""没有，没有，你找错了！"说完，他就毫不客气地关上门。我感到莫名其妙，正准备转身离开时，门又开了。

我转过头，出现在我面前的是一位体态丰盈、气质高贵的女人。她上身穿着一件白色紧身衣，下身是一条灰色牛仔裤。我想她一定就是那位打电话给我的女人了。她和气地问："请问你是来应聘英语家教的吗？"我回答是的。她听后忙道歉地对我说："真对不起，小孩子不懂事，快进来吧！""没关系，没关系，这样的小孩我喜欢！"说着跟她走进了大厅，大厅里也很豪华，装修得金碧辉煌，闪闪发光，大厅的中央还有一架崭新的白色钢琴。刚才那个给我开门的男孩正在卧室里玩电子游戏，他发现了我后斜着眼瞧了我一眼，然后继续玩他的电子游戏。

　　这位妇女让我在沙发上坐下，我连忙说了声谢谢。我知道要在东家面前有个好印象，礼貌是必不可少的。她很客气地给我倒了杯热水，然后问我："你怎么称呼？""哦，我姓李，您叫我小李就行了。"我又有点紧张了，毕竟是第一次单独在非同寻常的陌生人家里。她好像看出了我的紧张，便笑着对我说："我姓周，你以后叫我周大姐就行了。"我点了点头。过了一会儿，我问："就是给这个孩子补英语吗？"她道："是的。"我朝那个男孩看了看，说："太太，你儿子长得真可爱！""嗯！——嗯？"她的表情变得有点吃惊，"我还没有结婚呢！""什么？"她的话让我有点感到意外。"那他？"我用手指着那个男孩。"你说他呀，他是我的侄子，是我姐姐的孩子，不是我的孩子，我姐姐姐夫在几年前因一场突如其来的车祸而双双去世……"她的声音越来越低，我感到提到了她伤心的事情，忙道歉："哦，真对不起，我不该说这个！""没关系，虽然他不是我的亲生孩子，但我将他视如己出，对他很惯的。"说着她朝那个小男孩喊道："阳阳，快过来见见李老师！"那个小男孩听到他姨妈的话后，极不情愿地走了过来。周大姐对着他的侄子说："阳阳，快叫李老师！以后李老师每个礼拜天上午八点至十点都会来给你补习英语，知道了吗？"小男孩不耐烦地答道："知道了！又要补课，我有几个身体啊！你干脆将我再克隆几个好了！"周大姐又说："你这个孩子怎么这么不懂事，我让人给你补课还不是为了你好，你还满脸的不情愿，还不快向李老师做自我介绍？"我听着不禁脸有点红了，毕竟平生第一次别人叫自己老师，能不激动吗？他似乎很不情愿，对我充满敌意地喊道："李老师，你好！我叫宋平阳，今年十二岁，上小学五年级，成绩优异，只是英语不怎么好，以后请您多多指教！"我想了想，说："宋平阳？好名字啊！以后我帮你补习英语，要好好学啊！""Yes！"他顿时立了个军姿，我和周大姐一看都扑哧地笑了。周大姐对我说这孩子很调皮，请我原谅。我也笑着说，没关系，没关系，我喜欢。"那好吧！就从下个星期开始吧，每小时五十元，如果教得好就加倍，试用期一个月。"我高兴地答道："好的！"

再以后的几个礼拜天的上午我都会准时到周大姐家给阳阳补习英语，时间长了我们就渐渐熟悉起来。有时候周大姐不在家，她很放心将阳阳和我留在家里，而我和阳阳相处得也非常愉快。慢慢地我从阳阳的口中得知，她姨妈是一个大公司的什么部门的主管，很有钱（这是不用问都知道的），到三十多岁了还是单身，她将精力全都放在工作上。我问阳阳："那你喜欢你的姨妈吗？""不喜欢！"他脱口而出，不假思索。"为什么？她对你很好呀，像亲生儿子似的。""不好，不好，就是不好，她老是让我去学习弹钢琴，练书法，学画画，还找人给我补课，想把我培养成一个全面发展的通才，我想玩她都不给我时间玩，她总是说如果小时候不刻苦努力一点，长大了连饭都没得吃。""她这也是为你好啊！"我替他的姨妈辩解道。"也许是吧！可我就是不喜欢她，她对我太严厉，太苛刻了，她冷血，她无情，她专制，她蛮横，更可恶的是她总想把我培养成天才，总以天才的标准来对待我。""哦！"我感到一阵惆怅，想自己小时候想学习都没钱，而阳阳有这么好的条件却不想学，真有一种"朱门酒肉臭，路有冻死骨"的感觉。

一个月以后，周大姐对我说，由于我的教学的质量甚佳，阳阳的英语成绩大幅度提高，她决定增加我的教导费，并且长期聘请我。我很高兴，嘴里不住地说："这一切都是阳阳自己努力的结果啊！"当阳阳得知我将长期做他的家教时，他也很开心。可不知道为什么，由于我的出现，使他们姨侄间的关系却越来越僵硬，阳阳变得越来越喜欢我，而越来越讨厌他的姨妈了。

又过了一段时间，他们姨侄间的矛盾竟然白热化了。有一天我去他们家补课，到了他们家后，发现周大姐手上拿着扫把，而阳阳则躲在桌子底下，怀里抱着他父母的遗像，在不停地抽泣呢！当阳阳见到我来了之后，迅速躲到我的身后。周大姐也走到我的面前，对着我身后的阳阳训斥道："你给我过来，快过来，我给你吃的，给你穿的，给你用的，给你玩的，我哪一点对不起了，你还不听我的话，难道我还不如一个外人？"虽然她这句话并没有指名道姓，可我知道她说的是我。

事后她找我谈了一下。她先拿出一个信封给我，那个信封鼓鼓的，不知里面装的是什么。她平静地对我说："这里面是五万元人民币，希望你能另寻工作……""为什么，是不是我哪里做得不好，还是……"我感到很诧异。"不是你的错，是我太自私了，阳阳现在已经变得越来越讨厌我，而越来越喜欢你了，我无法忍受，你知道我把阳阳当作亲生孩子来看待……"我们沉默了片刻。最后我说："好吧，我离开！不过这钱我不能要，无功不受禄，我不能白白地拿您的钱。""你拿着吧！小李，就算我欠你的，因为我的自私而使你失去了工作，这点钱就算我对你的补偿，也可做你下学期的学费……"

那钱我最终还是没要。当我要离开的时候，周大姐叫了我一下，她十分诚恳地对我说："小李，以后有什么困难可以来找我，知道吗？"我点了点头，对她说了声谢谢。说实话，我一点也不怨恨周大姐，尽管周大姐因为自私而使我失去了工作，可我一点也不怪她，毕竟这也不是长久性的工作。

没想到就在我离开的一个多月后事情又发生了。那天早晨我像往常一样，一从床上爬起就去学校的图书馆里读书。到了图书馆后我的手机突然响了起来，我一看是周大姐的号码，就想一定是出事了。果然，周大姐带着急迫而惶恐的声音声嘶力竭地对我说："小李啊，阳阳——失踪了！""什么？"听到周大姐的话我难以置信，以至于从凳子上跳了起来，吓到了其他正在全神贯注地读书的同学。我火速赶到了周大姐的家，周大姐见了我，边哭边对我说："小李啊，都怪我不好……"我扶着她，生怕她倒下去，急迫地问道："到底是怎么回事？"她哽咽着嗓子说："你走了以后，阳阳变得越来越不安分，学习成绩直线下降，只有英语成绩还好。我看他成绩下降得很快，心里很着急，就说了他几句，他又和我顶嘴，我一气就……""您又打了他？"我问道。她点了点头，接着说："打得还很重，因为我当时太气愤了，你知道他说什么吗？""什么？""他说就是让你做他的姨妈也不愿让我做他的姨妈。""是吗？"我感到有点害羞。"那他是怎么失踪的？"我终于切入了正题。"阳阳是从昨天晚上开始失踪的，他彻夜未归，我找遍了学校、同学家、亲戚家以及他常去的其他的地方，都没有他的身影，我真是担心死了！""谁让你打他的，你应该知道这种行为属于家庭暴力，是违法的，唉！"我无意之中责备了她。

　　我们先赶到公安局报了警，然后又气喘吁吁地奔到大街上去寻找。我们不断地向路人打探，可是如同大海捞针，结果希望带来的都是失望，真是希望越大失望就越大。最后周大姐急得不顾体面地蹲在路上哭了起来。我将她扶到路边的座椅上，边拿出面纸边安慰她。她拿着面纸边擦眼泪边对我说："小李，你知道吗？其实，阳阳是我的亲生孩子。""什么？"我很惊讶，两只眼睛瞪着她，准备听她的解释。她点了点头，然后继续说："阳阳是我和姐夫的孩子。十几年前，我和姐姐两个人都深爱着姐夫，可姐夫他却不爱我，他只爱我姐姐一个人。我不甘心，一直对姐夫穷追不舍，在一个春风荡漾的夜晚，我的姐夫因喝醉了酒错把我当成我姐姐，最后我怀上了姐夫的孩子……不过我没有要姐夫负责任，这是我心甘情愿的。姐姐也没有计较，姐姐从小对我就特别好，因为我们的父母去世得早，我们又没有什么亲戚，所以我们从小就相依为命。她总是千方百计地呵护我，即使我那样伤害了她，她也没有怪我。后来我生下了阳阳，她还主动和姐夫商量把阳阳当作自己的孩子抚养……""所以你对阳阳特别的关爱，不停地培养他，又让他学钢琴，又让他练书法……"她惊奇地望着我："难道我错了？我可是为了他好啊！你知道我在他身上倾注了多少爱吗？为了他，我不知拒绝了多少追求者！""对，你的出发点是好的，可是你教育的方式错了，别忘了他还只是一个十几岁的孩子！"平静了一会儿，她自言自语道："也许我真的错了，我不该将这么重的负荷压在他的身上。"我拍着她的肩，安慰道："别自责了，现在最要紧的是找到阳阳，确定他的安全。"她点了点。就在这时，我们接到了公安局的电话。

　　我们又马不停蹄地赶到公安局，刚进去周大姐就大喊："阳阳！阳阳！"阳阳背着一个书包坐在沙发上。周大姐一看到阳阳就将他抱起来亲了又亲，阳阳并没有什么表情。我询问警察同志是在哪里找到他的？警察同志笑着说："这个孩子啊，想离家出走，在路上钱被人给骗了。他还算聪明，立即就报了警。当我们问他父母是谁时他就不说话了。我们怀疑他就是你们要找的孩子，所以就立即通知你们来认领了！"我和周大姐都非常感谢警察同志。然后我和周大姐就准备带着阳阳离开。可是阳阳死活不肯和我们走，他说他不想回去，他情愿待在公安局里。我好心地劝他："阳阳，你怎么能不和你姨妈回去呢？"警察同志也帮着我们劝他，最终他才肯和我们离开。

　　一路上周大姐喋喋不休，似乎她早就忘记了打阳阳的事情。阳阳一路上也不理她，还不断地挣脱周大姐搀他的手。我觉得阳阳这样子对周大姐是不公平的。于是走到阳阳身边对他说："阳阳，你不该这样对你的姨妈，你知道你姨妈为了找你——""我不知道，我只知道她整天不是让我学画画就是让我练书法，或者弹钢琴，我都烦透了。李老师，你知道吗，每当我看到同伴们在假期里一起自由自在地玩耍而我却必须被逼着去学画画、练书法时，我的心有多么的难受！我和姨妈没有共同语言，她一点都不了解我，更可恶的是她还打我，连我的亲妈都没有打过我！""不，你的亲妈打过你！"我一气之下说漏了嘴，周大姐似乎意识到了什么，紧紧地拉着我的衣襟，嘴里还不断地叫着："小李！千万不要，千万不要——小李！"我不理她。"我实话告诉你，你的姨妈就是你的亲生妈妈！""什么？李老师你胡说什么……"我发现阳阳也已经被绕糊涂了。"阳阳！李老师我没胡说，我只是想告诉你是你爸爸和你姨妈生的孩子！""那，那我的妈妈……"他说着望着周大姐，周大姐低着头不语，只是小声地抽泣。我又说："这下你知道为什么你姨妈——你妈妈为什么到三十几岁还不嫁人了吧！"说完，周大姐惊异地望着我，说："小李，你怎么知道？"我对周大姐说；"我都猜到了，你是放心不下阳阳，你是害怕嫁人后对方不肯抚养阳阳，你对阳阳可真是煞费苦心啊！"阳阳听后站在那里久久不动，他像是不能接受现实似的，大喊着："不可能，不可能，我不可能有这样天天逼我学这学那的妈妈，李老师你骗我，你们合伙一起骗我！"说完突然跑开了。我和周大姐立即跟上。当时我们正在马路边，阳阳气冲冲地从马路这一头往马路那一头跑，可是就在他穿越马路的时候一辆汽车飞驰而过，我和周大姐顿时都尖叫了起来。只见阳阳被汽车撞到了十几米之外，血肉模糊，惨不忍睹。我和周大姐见状飞快地奔过去，周大姐抱着满身鲜血的阳阳，阳阳躺在周大姐的怀里，眼中噙满了泪水，嘴唇微微地动着，想说什么却又说不出来，看他的意思应该是在叫妈妈。他将一只小手缓缓地抬起来想要摸周大姐的脸，可是刚刚摸到就垂了下去，并且闭起了眼睛。周大姐抱着阳阳，紧紧地抓着他的手贴在脸上哭个不停。我急忙打"120"，不一会儿救护车就来了，可是在去医院的路上阳阳就夭折了……

阳阳夭亡后，周大姐因为接受不了这个残酷的事实，伤心过度以至于精神失常，最后她进了精神病院。听说她有个远房亲戚一年去看她一回，我也经常会去看看她，可她的情况总不见好转。每次我去看她，都会见她不停地重复一句话："阳阳，听姨妈的话，去学画画！阳阳来，姨妈带你去练钢琴！阳阳乖，学会了这些长大了是会有好处的……"我想，孩子是需要关爱的，不过不是疯狂的溺爱，也不是残酷的厉爱，而应该是博大的关爱……

在她故事讲到结尾的时候，我发现她的眼中又闪出了忧郁的目光。讲完后她对我说："现在你终于明白为什么我会对着那个背着小提琴的男孩出神了吧！不知道为什么，我一看到他就会想起阳阳。"我问她："如果那个男孩还活着，现在该有多大了？"她笑着说："应该上初中，有十五六岁了吧！"说完她突然看了看窗外，对我说，"我到站了，谢谢你听完我的故事，希望你一路顺风，再见！"说完她就匆匆地下了车。她下车后我还坐在那里，久久不语，只是感到车里出奇的安静，人们一切的动作和声音好像霎时都停止了似的。我透过汽车的玻璃窗望着前方，我发现我前面的路途还很遥远，遥远地一望无际，而身后的景物也正在汽车的飞驰中渐渐变得模糊不清……

第四辑 文学梦

信

一

　　一个寒冬的早晨，马路两旁仓皇而粗壮的梧桐树几乎脱尽了所有的叶子，光秃秃地兀立在路边。半空中如鹅毛般的雪花不急不慢地飘落下来，厚厚地堆积在大地上，白皑皑的，像是给大地铺上了一层银装。

　　马路上空荡荡的，一片宁静，偶尔有几辆汽车飞驰而过，然后又恢复了宁静，只留下几排汽车轮胎印与飞逝而去的雪花。也许是为了衬托马路上的宁静，马路两旁的人行道也同样显得极为安静。可是如果仔细聆听，就会听到有"咔嚓"、"咔嚓"的清脆的脚步声，一声轻，一声重，一声轻，一声重，如此循环。此时人行道上正缓缓地走着两个人，远远望去是一个大人和一个小孩。看上去像是一对父女，或者实际上就是一对父女。大人的一只手紧紧地挽着小孩的手，生怕小孩滑倒似的。小孩看上去兴高采烈、欣喜若狂，高兴得手舞足蹈，没被大人挽着的手上还紧紧地捏着一封厚厚的信。而大人看上去却忧心忡忡、惴惴不安，与小孩的表情极不一致，两张脸相映成趣。

　　"爸爸，妈妈到底什么时候回来呀？"小孩笑着问。

　　"这？——婷婷啊，爸爸不是跟你说过了吗，妈妈在国外工作很忙，没有时间回来看婷婷，婷婷要理解妈妈，知道吗？"大人说完之后深深地吸了口气。

　　"那么外国远吗？"婷婷问道，并且严肃地抬起头望着爸爸。

"是啊！外国很远，很远……"大人说着抬起头仰望漫天的雪花。

"哦！"婷婷听完之后满脸露出失望之色。

她记得自从妈妈在三年前突然到国外工作之后，再也没有消息。她很想念妈妈，她深深地相信妈妈在国外也一定非常想念自己。她曾要求给妈妈打电话，可是爸爸不允许。爸爸说打电话不行，妈妈工作的地方没有电话，只有写信可以。于是她将自己想说的以及对妈妈的思念之情都说出来，让爸爸用笔写在了纸上，叠成厚厚的一沓装在了信封里，每个星期寄一封。每到星期天，爸爸都会陪着她将一封厚厚的信投进绿色的邮箱里。三年以来，婷婷与爸爸每星期都会寄一封，从不间断。但奇怪的是，妈妈一封也没有回。婷婷对此疑惑不解，爸爸的解释是：妈妈很忙，没有时间回信，可是能看到婷婷写的信，妈妈就会非常高兴的……

父女二人继续向前走着。三年来，这条路不知他们来回走了多少遍，不管是狂风暴雨，还是冰天雪地，他们都会坚持不懈地在每个星期天的早晨出现在这条路上。大雪依旧漫天飞舞地飘着，狂风依旧肆无忌惮地刮着。父女二人顶着狂风大雪徐徐前进。

"爸爸，那不是王老师吗？——王老师！"婷婷甩开爸爸紧紧握住的小手指着前方的一个人影，并且朝那个人影大声喊去。大人两眼向女儿手指去的方向望去，果然是王老师。只见在婷婷父女俩对面的不远处，一位身着深红色皮夹克的年轻女子低着头急步走来。王老师是婷婷的幼儿园老师，人很年轻，看样子才二十出头，还没有结婚。她非常关爱自己的学生，对他们视如己出。今天因为有事去一个学生家路过此地，没想到碰到婷婷父女俩。王老师听到有人叫自己，忙抬起头向婷婷父女俩望去，并疾步走到婷婷面前，高兴地蹲下来抱起婷婷，笑着问："婷婷，下这么大的雪，你和爸爸要去哪里呀？"

"去寄信！"婷婷满脸兴奋地说。

"寄信？"王老师满脸疑惑地望着婷婷的爸爸。婷婷的爸爸向王老师点了点头。王老师确信后又问婷婷："那么这信是寄给谁的呀？"

"寄给妈妈！"婷婷一字一顿地回答王老师。王老师更加疑惑了，瞪着大眼睛问婷婷的爸爸："寄给妈妈？不对呀，我听说婷婷的妈妈早在三年前就被——"

"王老师！"婷婷的爸爸迅速地打断了王老师的话，"婷婷的妈妈现在正在国外工作呢！"说完对着王老师使劲地摇头。这时，在王老师怀里的婷婷说话了："王老师，幼儿园里的同学都说我没有妈妈，可是我有妈妈，我的妈妈在很远很远的外国工作呢！现在我就和爸爸在向很远很远的地方工作的妈妈寄信，看他们再敢说我没有妈妈！"说完将手中的信举起来给王老师看。

王老师听着婷婷说的话，又看到了婷婷手中的那封厚厚的信，突然有一种说不出的难受。婷婷的爸爸似乎感觉到了这种幽暗的氛围，忙笑着对王老师说："哦，王老师，你看雪下得这么大，还是快回去吧！我还要领着婷婷去给她妈——寄信呢！"王老师看着婷婷的爸爸，止住了正在眼圈里打转的泪水。王老师放下婷婷，婷婷笑着向她招手："王老师，再见！"王老师看着面带笑容的婷婷，向她招招手。婷婷父女走后，王老师的泪水再也抑制不住了，如洪水般直泻下来，她痛苦地想道："老天啊！你为什么要将一个幸福美满的家庭活活拆散呢？为什么要让一个只有六岁的天真可爱的孩子失去母亲呢？为什么要让这么小的孩子早早就失去母爱，从而早早地去承受失去母爱的痛苦的单亲生活呢？"上天没有回答，只有王老师的嘴中在喃喃自语："我要去弥补上天的这个过失，我要给婷婷母爱般的温暖，即使只从言语上……"

二

一个艳阳高照的中午，婷婷趴在屋里写作业。突然从屋外传来一阵匆忙的喊叫声："宋婷婷！宋婷婷在家吗？"婷婷听到有人在叫自己，忙跑出屋，打开院子门，看到一位全身穿着绿衣服的叔叔站在门口，满头大汗。那个邮递员见大门开了，忙问："你是宋婷婷吗？""是的！"宋婷婷答道，"叔叔，有什么事吗？"她不知道他是邮递员。邮递员道："有你的信。""真的？"宋婷婷激动得要跳起来，忙从邮递员手中接过信，她高兴地说："谢谢叔叔！"

"不用谢！"邮递员笑着回答。

婷婷拿着信看了看，又满脸羞涩地问邮递员："叔叔，您能告诉我这是什么字吗？"邮递员望着婷婷的小手指着信封上的三个字说："哦，小朋友，这三个字读：王——雪——梅！""王雪梅？——妈妈！妈妈！"婷婷一听就知道这是妈妈的名字，尽管她不认识字（因为她只有七岁），可是她知道妈妈的名字就是这样叫，因为她爸爸就经常拿着照片叫这样的名字。婷婷拿着信高兴地跳了起来。邮递员看到她这样开心，也笑了笑，骑着自行车离开了。

婷婷拿着信直往院子里跑，边跑边大叫道："妈妈来信啦！妈妈来信啦！"婷婷在院子里左蹦右跳，吓得屋檐上休憩的小鸟都飞跑了，正在屋檐下懒洋洋地晒着太阳的大花猫也给惊醒了。它好像非常生气似的，对着婷婷狠狠地喵了两声。婷婷没有意识到这些，继续大声欢呼。这时大人下班回来了。大人刚将自行车推进大门，婷婷就冲了上去，将手里的信递给大人说："爸爸，爸爸，妈妈来信啦！妈妈来信啦！"大人被婷婷的话语一惊，心想："难道是孩子想妈妈想出病来了？——这么语无伦次！"可是看到婷婷正儿八经地递上一封信，又感到惊奇。他将信拿到手里，只见上面的确写着"寄信人：王雪梅"。可是字迹不同，他一看就知道是别人的手笔。爸爸将信左看看，右瞧瞧，心里又想："不可能啊！雪梅早在三年前意外车祸去世了，可这封信又是谁写的呢？"正当大人疑惑不解时，婷婷可忍耐不住了。她拉着大人的膀臂，娇声道："爸爸，快拆开来看看，妈妈说些什么？"听着婷婷的话，大人像是被什么惊醒似的，立即拆开信，仔细看了看。这下他看出来了，字迹像是王老师的，可是她又为什么要写这封信呢？大人百思不得其解。婷婷看爸爸读得很认真，不敢打扰，可是她又迫不及待地想知道信上的内容。于是胆怯而又急切地问："爸爸，妈妈说些什么啊？""哦，婷婷啊！妈妈说她非常想念婷婷，只是工作特别忙，很少有时间能回信，我们寄的信她全都收到了，妈妈还要婷婷好好学习，不要老想念她……"说完之后，婷婷将爸爸手中的信拿了过来，匆忙跑到屋里，找了个精致的小木盒，然后将信插进信封，再小心翼翼地将信放进小木盒里，像放进个宝贝似的。爸爸站在门口，默默地看着这一幕，这位男子汉又簌簌地流下了伤心的泪水……

第四辑 文学梦

三

　　这天早晨，男人像往常一样，推着自行车准备去上班。这是一位非常不幸的男人，今年才三十出头，正当而立之年，却不幸早年丧妻。二十四岁那年他娶了个十分贤惠而又勤劳的女子，结婚后一年左右，那女子给他生了个活泼可爱的女儿。只可惜天公不作美，孩子四岁不到这女子便撒手人寰了，可怜他和女儿两个人孤零零地生活，他又做爹又做娘的。妻子出车祸时，孩子是在乡下度过的，不知道这件事。他接回孩子后，孩子不停地向他要妈妈。他不忍心向孩子说出真相，怕孩子接受不了这个残酷的现实，于是一直隐瞒着孩子。可是纸里是包不住火的，孩子迟早会长大的，迟早会知道的，到时候该怎么向她交代呢？

　　男人清晰地记得，在妻子逝世后的一段时间里，孩子每天都哭着嚷着要妈妈，晚上睡觉做梦都喊着妈妈。因为过于思念妈妈，孩子还生了一场大病，险些就夭折了！当时男人看到这种情况都吓坏了，他痛苦地想到："老天啊，你已经把我的妻子带走了，难道连我唯一的女儿都不肯留给我吗？"后来女儿的病情渐渐好转，他的心才踏实起来。他心里清楚地知道，女儿的病有很大一部分原因是孩子太思念妈妈了，一时间不能适应没有妈妈的生活。不过话又说回来，他又何尝不想妻子能回到他们的身边呢？看到孩子每天伤心难过的样子，他的心里也很难受。孩子在他面前哭，他却背着孩子偷偷地哭……

　　"唉！"想着想着，男人无奈地叹了口气，上了自行车向工厂的方向骑去。骑着骑着，他突然看到一个熟悉的人影——王老师！男人骑着自行车叫了起来："王老师，王老师！"走在路上的王老师看到对面的男人，向他笑了笑。在王老师眼中这是一位十分善良而又坚强的男人，从而对他十分尊敬。"什么事？"王老师笑着问。男人停下架好车，走到王老师身边，小声而又谨慎地问："王老师，那信……"

　　"那信是我写的，怎么了？"王老师不安道。

"不是，我本是想让婷婷就永远这么过下去，永远向婷婷隐瞒的，可是你这样做……"男人说不下去了。

"我只是想让婷婷受到点母爱般的关怀罢了……"王老师这时变得更不安了。

"可是哪天婷婷要见妈妈怎么办？"男人道。

"那我就做她的妈妈呗！"王老师说完顿时脸变得绯红。

男人无语。

俩人一阵沉默。

四

这一年，婷婷十岁。她向妈妈寄信已有六年之久，而"妈妈"给她回信的时间也已经有三年了。三年过得很快，妈妈的回信也堆得很高了，小木盒也快要装不下了。婷婷经常会小心翼翼地拿出妈妈给她写的信，反复阅读。不认识的字她都会问爸爸。爸爸不在家，她就会自己查字典。

一天傍晚，婷婷又将妈妈的信拿出来趴在书桌上阅读。读着读着，她又碰到了一个生字。因为爸爸不在家，所以她没处询问，只能自己查字典。于是婷婷跳下板凳，来到书桌前，寻找字典。可是找了半天，婷婷都没有发现字典的影子，她想会不会在爸爸的书桌抽屉里。这样一想，她又走向爸爸的书桌，婷婷打开抽屉，字典果然在里面。婷婷拿起字典，调皮而又狡黠地对它说："看你还怎么逃出我的手掌心！"说完自鸣得意。正当她准备关上抽屉时，她突然发现一个厚厚的黑皮夹本子。她知道这是爸爸的日记本，爸爸是不允许碰的，老师也说过看别人的日记是不道德的。可是婷婷的好奇心实在是大，爸爸越不让看的东西，她偏越要看。她小心翼翼地将厚厚的黑皮本子从抽屉的最深处取出来。她想，大不了看完再完好无缺地放回去。这样想着，婷婷就开始翻开爸爸的日记本。婷婷不是一页一页看的，而是随机翻阅的。她知道过一会儿爸爸就会回来的，所以她是很谨慎地看着，边看边用耳朵留心大门口的动静。她就这样随手一翻，只见上面写着：

第四辑 文学梦

二〇〇五年十一月七日　大雪　星期日

今天又是星期日，雪下得特别大。我劝婷婷今天不要去寄信了，明天再去吧！可是她不肯，偏要今天去。我拗不过她。于是我们又像往常每个星期日一样，带着每次都一样那么厚的信去邮寄。婷婷这孩子，什么都要向她"妈妈"说，一说就要让我代笔。每次当我执笔写下那么厚的婷婷要写的信时，我在想："老天啊！你是不是要故意折磨我啊？人的心灵是很脆弱的，尽管我是个男人……"

婷婷看了之后很不理解，的确平时向妈妈写信时，都是自己说，爸爸写的，可是怎么会折磨爸爸呢？也许是爸爸和自己一样，过于思念妈妈吧！婷婷继续将日记往下翻，她又看到：

二〇〇六年二月十三日　晴天　星期二

今天中午上班的时候，我看到了婷婷幼儿园的王老师。对于王老师，我一直有一种亲切感，特别是她以婷婷妈妈的名义给婷婷写信，使得婷婷长得越来越活泼，越来越开朗了。说到这里，我不得不感激王老师。自从六年前婷婷的妈妈不幸出车祸去世后，我就不知道该怎样告诉婷婷，所以一直向她瞒着。可是婷婷长久时间见不着妈妈，就向我要妈妈，我不知道该怎么办，便信口胡诌说她妈妈在国外工作。孩子半信半疑。现在有了王老师的信，孩子心中的阴影被抹去了很多，这都是王老师的功劳啊！可婷婷迟早要长大的，迟早要知道真相的，到时候我该怎样向她交代呢？……

看到这里，婷婷整个人都傻了。这上面写的是什么呀？乱七八糟的。她不相信自己亲眼所见的。于是又重新仔细地、认真地读了一遍。可是爸爸的日记上白纸黑字清清楚楚地写着，妈妈的确在六年前就已经出车祸逝世了。婷婷也不小了，已经整整十岁了，她已经懂得"车祸"是什么含义了。婷婷对着爸爸的日记本，目瞪口呆。她整个人都傻了。怪不得以前在国内工作得好好的妈妈突然要千里迢迢地跑到国外去工作，原来是这样。婷婷如梦初醒。可是那些信？婷婷想着想着就将木盒里的所有信都取了出来，厚厚的足有几十封。婷婷一封一封的拆开看，看着信上的话语，字里行间都

青春下的独白

像是王老师的语气，看来是真的了。婷婷盯着信，泪水流了下来，她没发觉爸爸已经回来了。男人将自行车推进屋，嘴里还似乎用埋怨的口气说："婷婷呀，你在干什么？怎么爸爸叫了你半天都没一点反应啊？"男人刚准备继续说下去，突然看到婷婷拿着信在哭，自己的书桌上也凌乱地放着她妈妈——不，是王老师写给婷婷的信。婷婷的爸爸感到很奇怪，平常被婷婷当作宝贝似的信怎么会被乱放呢？爸爸又向书桌上看了看，忽然他看到了放在信中间的那本黑色厚厚的正打开着的日记本。婷婷的爸爸顿时脸都青了下来。他颤抖地对着婷婷说："婷婷你……"婷婷知道爸爸回来了，她放下手中的一封信纸，铁着脸对他咬牙切齿道："你为什么要骗我，为什么要骗我这么多年？"男人明白婷婷已经知道真相了，虽然他知道这一天迟早要来临，可是当这一天真正来临的时候他又觉得太突然了。他知道婷婷是个和其他孩子不同的孩子，因为从小失去母亲的缘故，婷婷变得早熟，也不合群。男人委屈地向婷婷说："爸爸还不是怕你接受不了吗？我也是……"

"你别说了，你就该从小就告诉我真相，那时候我还不懂事，难过一段时间也许就行了，可你却给我希望，使我这六年来一直都以为我的妈妈还活在这世上……"说着婷婷仰起头，泪如雨下。

男人默默地走到婷婷的身边，想安慰安慰她，用手擦拭着她的泪水，说："婷婷，爸爸这样做不是……"婷婷立即捧开男人的手，用不可饶恕的口气对男人说："你不仅自己骗我，还找来帮手一起骗我，对不对？"婷婷说将书桌上的那一沓信举起来。男人看着这些信，眼角也潮湿了。他还想解释："婷婷，爸爸我……"

"不要说了，我没有你这样的爸爸，你也不配做我爸爸！"说着就带着那些信，推开爸爸的身体，向门外跑去……

男人一时愣住了。他怔了一下，像是意识到了什么似的，立即向门外追了出去，可是哪里还有婷婷的身影啊！男人慌了，立刻打电话给王老师。王老师闻讯后立即赶了过来。男人向王老师说了事情的前因后果，王老师叹了口气说："没想到，还真都让一个只有十岁的孩子说中了！"

"是啊！这孩子早熟得很。"男人叹息道。

"好了，别说了，我们还是快去找婷婷吧！"王老师醒悟道。

"是啊，下这么大的雪，婷婷会到哪儿去呢？"

第四辑 文学梦

"我知道了。"王老师说完就飞奔而去。

男人好像也立刻明白王老师所说的地方似的，惊奇地望着王老师，见王老师拔腿就跑，也立即跟了上去，边跑心里边想："这女人是多么的聪明啊！"

五

宋婷婷捏着那些信飞出家门，一直往外跑，跑到了哪里她自己也不清楚。那时她的心里都充满了痛苦。她跑得很快，身边的事物都不断地向后移去。婷婷跑着跑着，当她因跑得太累而停下来时，她发现她跑到了一个邮箱前。大雪不断地落在她的身上，可她却毫无知觉，似乎已经感觉不到冷了。婷婷定住神才发现自己来到了马路边。也许是因为平常这条路走得太多了，或是对这条路太熟悉了，才会漫无目的而又冥冥中自有安排似的跑到了这里，跑到了邮箱前。婷婷注视着前面那邮箱，它还像六年前一样，纹丝不动地伫立在那儿，一点儿没变。可是婷婷她自己变了，心情变了，什么都统统变了，只有这个邮箱没变，物是人非啊！

婷婷凝视着那个邮箱，又望着手中紧紧捏着的信。她气愤地想，都是这些信，欺骗着她，蛊惑着她，使她以为妈妈还在世上。如果不是这些信，也许她会渐渐忘记妈妈，对妈妈的思念也会越来越淡。可是因为这些信的出现，反而使她越来越思念妈妈，越来越渴望见到妈妈。婷婷想着想着，突然做出了一个决定：她要将这些信都塞进邮箱里。让它从哪里来就到哪里去，随着妈妈一起消失吧！做了这个决定后，婷婷狠狠地将这些信一股脑儿全塞进了邮箱里，塞完之后她感到如释重负。可当她想到逝去的妈妈时，她的眼中噙满了伤心的泪水。她蹲下身子泪如泉涌，泪水浸湿了她的衣服。突然一只柔和而温暖的手轻轻地搭在了她的肩头，她掉转头站了起来，惊讶地缓缓叫道："王——老——师！"说着就扑进了王老师的怀里，并且泪水更多了。王老师将婷婷紧紧地抱着，用右手来回抚摸着她的头，叹了口气，泪水也蒙住了双眼。这时站在不远处早已泪流满面的男人也悄无声息地走了过来，与他们拥抱在一起……

雪花还在漫无目的地随风飘逝着。他们三个人紧紧地抱在一起抽泣，滚烫的泪水顺着脸颊缓缓流下，砸在他们的脚下以及四周的雪地上，脚下的雪在蕴含着温度的泪水催化下，开始慢慢地、逐步地、彻底地、毫不犹豫地，融化。

把握机遇

机遇。当我的笔尖刚刚写下这两个字的时候，我的心不禁微微地颤抖了一下：是啊，这可真是个充满机遇的时代！

时光回溯到秦末时期。

有一个小孩，诚实、勤劳、善良、聪慧。有一天，当他路过一座小桥时，看到有一位老人的鞋子掉在了桥下。于是他主动地跑到桥下帮老人捡起了鞋子，并仔细地掸去了上面的灰尘。老人看这个小孩很有礼貌，又乐于助人，于是让他第二天到此地，并且送给他一样宝贝。小孩想问他是什么时，老人却转身而去，不再回头。

第二天下午，小孩赶到此地，等到夕阳西下，孩子都等急了，可老人还是没有出现。傍晚的时候老人来了，老人说让他第二天再来。小孩并没有因此而爽约。于是第二天中午小孩就风尘仆仆地赶到小桥上，又等了半天，老人才出现。老人让他第三天再来。小孩只得快快离去。第三天早晨小孩早早地赶来，可是又等了一天还是没有等到老人，小孩又不快地离去。翌日，小孩半夜赶到小桥上，终于看到了老人。老人手里拿着一本书，老人说，这是一本祖传兵书，送给有缘之人，我看你聪明伶俐，善良孝顺，就送给你了，希望你能用它造福百姓。小孩非常感激老人。

这个小孩就是汉高祖刘邦的主要谋臣，西汉三杰之一的张良。

是啊！机遇总是这样悄悄地到来，让人捉摸不定。

时光又回转到二十世纪末。

二十世纪末的"韩寒现象"在各个电视台、新闻媒体以及大街小巷、平民百姓间可是个热门的话题。韩寒是谁呢？韩寒其实就是一个高一的学生，以一篇《杯中窥人》而获得第一届新概念作文大赛一等奖，后来在二〇〇〇年五月发行的长篇小说《三重门》更是狂卖不止，传闻三天内告罄三万册，令发行部欢欣鼓舞。（当然，时至今日《三重门》卖出已远远不止三万册。）我想如果不是新概念作文大赛的举办，韩寒这块蒙了灰的金子能被发现吗？他现在能够成为近百万青少年的偶像吗？

一切靠的都是机遇。

是啊！机遇很重要。古人云：机不可失，时不再来。说明机遇并不是经常出现在每个人面前的。但是真的有了机遇就会成功吗？我想不一定。有句话说得好，机遇总是眷顾那些有准备的人。有的时候光有机遇是不行的，还要靠你的实力。就说张良，如果张良第二天不来赴约，他能拿到兵书吗？就算他第二天来了，第三天呢？他还是不可能拿到兵书，一切都靠他的耐心与坚韧的精神。再说韩寒，他如果写不出《求医》、《书店》这样的作品，能被"新概念"发现以及被社会所重视吗？——一切还要靠他们的实力。可见光有机遇而没有实力也是不行的，如果没有实力，即使机遇摆在你的面前，你也把握不住，只能眼睁睁地看着它溜走。

罗丹说："这个世界并不缺少美，而是缺少发现美的眼睛。"我同样要说，这个世界并不缺少机遇，而是缺少好好把握机遇的人。

…………

这是一个充满机遇的时代。朋友们，机遇面前要好好把握啊！

文学梦

——致一位小读者的回信

亲爱的坤仔：

在写这封信之前，哥哥先向你解释一下这么长时间没有给你回信的原因。在农历年前哥哥曾答应给你写信，不要以为哥哥是在忽悠你，抑或是哥哥忘了这件事。当时哥哥就准备写这封信给你，可是哥哥又考虑到你正放寒假，我写的信寄到你的学校你可能会收不到，而你又没告诉我你家里的地址，所以一直迟迟没有动笔。后来哥哥开了学，又因忙于开学考试，再加上心情烦躁与惰性使然，没有太多的精力与心思写这封信给你，以至于延宕至今。古人讲："明日复明日，明日何其多？我生待明日，万事成蹉跎。"可见凡事不能拖，一拖就麻烦了。鉴于此，哥哥一考完试就立即抓紧时间写这封信给你。哥哥知道你在这段时间里一定天天都在急切地盼望哥哥的回信，结果希望越大失望越大，对此哥哥深感愧疚，希望你能谅解哥哥这么迟才回信给你。

第一封信给你写些什么呢？哥哥思来想去，决定先给你讲讲哥哥自己的一些情况。当你读完这封信，对哥哥有了一定的了解后，以后哥哥再给你写信你就不会有陌生感了，反而会油然而生出一种亲切感，这就好比你们在学习语文课本中的文章时，语文老师一定会先给你们介绍作者的情况，这样你们对课文就更易于理解了，所以这第一封信，哥哥就先向你大概讲讲哥哥的情况，让你对哥哥有一定的认识与了解。

我生于一九九一年一月十三日。我是在家里出生的，因为我是二胎，按国家计划生育法规定，每家每户只准生一胎，凡生二胎的人家都要罚款。罚款当然不是最终目的，最终目的是为了限制国家人口的快速增长，罚款只是一种手段。家里人不敢让妈妈去医院，就请了个私人医生给我妈妈接生。当时我的爸爸不想要我，他劝我妈妈打掉我，可是我妈妈死活不肯。母爱是伟大的，她怎么能舍得打掉自己的骨肉呢？最终我的爸爸被妈妈说服了，同意生下我。可是又不能光明正大地去医院生，只能偷偷地请私人医生到家里接生。虽然我是被偷偷生下来的，可是纸包不住火，很快本地村居民委员会的人知道了我家生下了二胎，于是他们带着罚款单成群结队地闯到我家，逼我爸爸、妈妈交罚款。可当时我家里并没有那么多钱，于是他们把电视机、收音机等值钱的东西都搬走了，并留下了一句话："什么时候把罚款交清，什么时候领罚款单！"那时候我妈妈吓得抱着我东躲西藏不敢露面。后来爸爸、妈妈东借西凑了三千块钱（坤仔，二十世纪九十年代初的三千块钱可不是一笔小数目啊！）终于把罚款交清，而我才真正成了中华人民共和国的合法公民。当然，这一切都是我的爸爸、妈妈后来告诉我的，当时我虽身临其境，还是当事人，却无法验证。

我上小学的时候，学习成绩非常优秀。每次考试成绩总是班级前几名，几乎每学期都能拿"三好学生"奖状。可是在小学升初中的考试中，我却意外地败北了——我没有考入理想的重点中学。其中的原因别人不知道，而我却心知肚明，真正没考好的原因是为了一个女孩。（哥哥相信你现在肯定也有"喜欢"的女孩，因为哥哥也是从你那个年龄过来的，所以对你们这时的心态很了解。）我的六年级班主任王艾红老师没想到我会考砸，在考试成绩下来后几次打电话到我家，让我去学校和她谈谈。说实话，当时我还蛮不好意思去见她呢，毕竟自己是她最骄傲的一个学生，现在考砸了，哪还有脸去见曾对自己期望很高、关怀备至的老师呢？可是最后由于她多次的电话催促，我还是怀着一颗忐忑不安的心去见她了。我清晰地记得，我去见她的那天正下着蒙蒙细雨，我匆匆忙忙地赶到学校，见到她时她正为低年级的学弟学妹监考。她见到我先为我这次考试没考好而感到意外和惋惜，接着她又鼓励我上中学后要好好努力，说我还很小，机会还很多，不要放弃，只要在中考和高考的时候考好就行了。我很感激她给我的鼓励，虽然后来我并没有如她所期望的那样学业有成，可我还是很感激她，毕竟她曾经是那么的关心我、激励我！

坤仔，我上小学的时候就非常爱读书。当时家里有许多藏书，都是爸爸爱看的小说书。其中有平江不肖生的《江湖奇侠传》，巴金的《家》、《春》、《秋》，老舍的《骆驼祥子》，鲁迅的《呐喊》、《朝花夕拾》……这些书我在能识字的时候就开始阅读了，虽然读得糊里糊涂、一知半解，但还是津津有味、爱不释手。后来我又买了《安徒生童话》、《格林童话》、《一千零一夜》（又名《天方夜谭》）、《木偶奇遇记》等儿童读物。除了这些，我还读过《三侠五义》、《镜花缘》、《东周列国志》等中国古典文学名著，也读过简写版的四大名著。其中最值得一提的是从外公那里要来的一套四卷本百万字的《中华上下五千年》，这套书让我大开眼界，使我了解了许多历史故事，也大大提高了我的知识面与阅读兴趣。后来上中学历史课时，老师讲的许多历史故事我都很熟悉，主要就是得益于这套《中华上下五千年》。

　　真正激起我写作欲望是在小学五年级的时候。有一次语文老师布置一篇作文，要以童话为体裁。那一次我心血来潮，一写就写了两千多字。现在让我写一篇文章写两千多字，我会感到很容易，可是坤仔，那时我和你差不多大，让你写两千多字的文章，容易吗？对那篇童话我至今记忆犹新，题目叫《勇敢的小白兔》，讲述的是一群小白兔在外游玩时被几只凶狠的大灰狼给抓进狼窝里去了，可是其中有一只勇敢地小白兔在狼抓它们的时候跑了没被抓住。后来这只小白兔偷偷地溜进了狼窝，它凭借自己的勇敢与智慧救出了自己的伙伴，并且惩罚了凶残的大灰狼。整个故事情节就像现在流行的动画片《喜羊羊与灰太狼》，结果总是羊胜利而狼失败，可怜的狼永远也吃不到可爱的羊。这篇童话被语文老师读后大为赞赏，在全班同学面前高声朗诵并且热烈地表扬了我，夸我想象力丰富，语言功底深厚。其实我知道，自己只是童话书读多了，照葫芦画瓢而已。后来这件事传开了，同学们都知道我会写文章，会编故事，都要我写故事给他们看。于是我又写了一篇题为《铁头将军》的故事给他们看，故事讲的是古代有一位勇敢的将军，他不怕死，打仗骁勇善战，所以皇上赐他"铁头将军"的称号。可是就这个天不怕、地不怕的铁头将军，最怕的事竟然是娶媳妇，结果弄得不亦乐乎。写这个故事时我是边构思边写的，常常是写完一张纸他们就读一张，写到最后连我自己都不知道结尾该怎么收场了。

　　上中学后，由于受到当时"少年作家"风潮的影响，我更加疯狂地爱上了文学。我省下每天吃晚饭的钱来买书，几乎每隔一天就要往书摊上跑。那时学校每天一顿晚饭的价格大概为四元钱，走读生可吃可不吃。而我每天不吃晚饭，却照样向家里要伙食费。不吃晚饭饿着肚子省下的钱都拿去买书了，这种情况从初二开始一直持续到高中毕业。坤仔，你想想看，一个中学生持续四五年的时间省下所有的伙食费、零花钱去买书，可见他对文学是多么的热爱！由于经常买书，书摊老板与我渐渐熟悉，每次见到我总是笑脸相迎，卖给我的书价格也大大优惠。到初中三年级的时候，我已经看完了书摊上几乎全部的文学名著。当然，说"全部"也只是指这个书摊上的书而已，而这个书摊上的文学名著也顶多几十种，根本满足不了我的需求。

由于书读得多了，肚子里也渐渐有了点"货"，对某些事物也渐渐有了自己的看法与认识，有时还不自量力地试着创作几篇。在刚上初中的时候，语文老师要求写周记。我是最讨厌写周记的，老师说是锻炼我们的文笔，可我却看到许多同学都是胡乱地从作文选上抄一篇敷衍了事。我不想写周记，也不想敷衍了事。于是把以前写的几篇自以为还行的散文认真地誊到周记本上充当周记。不料语文老师在看了我的散文后大为惊讶，特地在批改文章的同时把我叫到面前，惊讶地问我："李将，这是你写的文章吗？"我回答"是的"。他不信，又问我有没有抄袭。我说我从不抄袭。他听后放下了心，并连声夸赞我文章写得非常棒，文笔娴熟，语言优美，并且发出了不像我这样年龄的人发出的感慨。他还问我平时喜欢看哪些作家的书，喜欢看哪些类型的文章。他鼓励我再接再厉，写出更好的文章，还坚信我将来会有大出息。我听后心里美滋滋的，并且下定决心，一定要写出更好的文章来。当时他还把我的文章在课堂上作为范文读了出来，揄扬之意，不可掩也。

可是另一个情况又出现了。由于我对文学的热爱，导致我学习严重偏科。到初三的时候，除语文外，其他如数学、英语、化学、物理等科目几乎门门不及格，甚至连语文成绩也只是将就及格，因为语文试卷上的题目都让我反感，很八股的。特别是阅读理解，更让我头痛不已。（没想到的是，后来我发表的一篇文章竟然被某小学作为试卷上的短文训练让小学生们考试了，真让人哭笑不得。）按理说，作文该不那么棘手了，毕竟写文章是我的强项啊！可是我得实话告诉你，我这辈子最热爱的是写文章，最讨厌的就是写作文了。这里的作文就是指考场作文。我写文章喜欢自由发挥，主题不限、字数不限、体裁不限、地点不限、时间不限，灵感来时即下笔，想什么时候写就什么时候写。我最讨厌写文章时还要别人规定主题、规定体裁、规定字数，规定地点、规定时间……写这种考场作文，时间长了，人的才气都要被消磨掉，这就是为什么那么多曾经高考作文得满分的人却成不了作家的原因。所以我写作文基本都是在敷衍。学生中流行一句话叫："作文作文，不吹不成文。"有的同学一遇到作文就找本作文选来抄，天下文章一大抄，抄来抄去都不知道谁是谁的了（我经常在好几本作文选上看到同一篇作文，而作者的名字却不一样）。虽然我不喜欢写作文，可是我从来不抄作文。我往往是下笔就写，倚马千言，离题千里，胡乱编个故事，等到字数差不多的时候，我就让故事自动结束。显而易见，这样的作文是得不到高分的。所以说，哥哥的学习科目不仅仅是严重偏科，简直可以说是"全军覆没"了。

按我当时的学习成绩来说，考高中应该说是很危险的，甚至可以说是不可能的。可出人意料的是，我不仅考上了，而且还高出本校高中录取分数线一百多分！这里我不得不说一下我参加中考的情况。我在参加中考时，怀着一颗平常心，没有丝毫紧张感。我觉得，我只要认认真真地考，把自己应有的水平都发挥出来，能考多少是多少。怀着这样的心态，我竟然能超常发挥，考出了前所未有的水平。中考结束后，我既有一种轻松感，又有一种失落感。我有一篇散文《毕业生》，就是写当时那种复杂的感受的。

中考结束后，迎来的是长达两个多月的假期。在这两个多月里，我过了一段快活的日子，整天埋在书堆里，像一只书虫，徜徉于书海之中，沉迷于文学天地。汉朝大儒董仲舒因专注于读书而有"三年不窥园"之说，我则是"三月不窥园"。那时候，我写的文章也比较多，如《毕业生》、《我们仨》、《博大的关爱》、《寒窗十二载——恩师回眸》……后来上了高中，我还没从文学的天堂走进现实的课堂，我依然整天看课外书，课外看课内也看，反正中考结束了，高考还有好几年呢！我的学习成绩不用说了，仍是一团糟，名次从刚入学的班级前三名一下子跌倒了十几名、二十几名、三十几名……最后我的名次保持在班级中下游，而最下游的学生都是那些根本就不学的学生。相比而言，我还是学一点的。更有意思的是，我刚进班级的时候被班主任任命为生物课代表，可是我的生物考试从没有及格过，每次见生物老师总为此不好意思。第一学期期中考试，生物不及格，生物老师以为我失误而没考好，便没怎么怪我。期末考试时，我又没考好，生物老师表面上没怎么说我，可我知道她心里一定在纳闷："这小子怎么生物又没考好，是不是对我有什么意见啊？"因为那时生物考不好的人很多，非我一个，只是我身为生物课代表，考不好比较难堪而已。最后我觉得愧对生物老师与班主任的厚爱，于是向提交了辞职申请书，心想这下可以解脱了，不用再为生物考不好而忐忑不安、辗转难眠了。谁知班主任竟说他相信我的能力，认为我下一次一定可以考好，辞职书他暂且收着，让我安心学习，并且相信我下次一定会考好的。无奈之下，我只得继续痛苦地做生物课代表，一直到高二分文理班为止，而我的生物也一直没有学好。

在高中一年级下学期，我喜欢上本班级的一个女孩，她就是我的中篇小说《早恋》中女主人公的原型，我的《一封快意的情书》也是写给她的。但是我只是暗恋她，而并没有向她表白过。坤仔，我没有向她表白的原因并不是因为我羞怯、不好意思，也不是担心她拒绝，而是我想到即使表白了又能怎样呢？难道我们能像恋人那样交往吗？显然不能，因为我们毕竟都是学生，而且都是中学生。我深深地迷恋着她，为她魂牵梦萦，为她倾倒不已，她让我欢喜让我忧！就这样，理智与情感在我身上相互挣扎着。我的理智告诉我，不能喜欢她，即使喜欢也不能表露出来；我的情感跟我说，你是爱她的，深深地爱着，不要管什么学生不学生，只要敢爱就行。可是我的理智却跟我说，你要记住你的身份，你是一名中学生，你不能爱上她，更不能向她表白，早恋是没有好结果的。就这样，我痛苦地熬了半个学期，高中一年级下学期结束时我转出了班级。尽管这样，我还是忘不了她，至今也是如此。

高中二年级下学期时，我开始感受到高考的压力了。高考是中国学生一生中最重要的考试，可以毫不夸张地说，它能决定一个人一生的命运，"一卷定终生"，此之谓也。当然也不绝对，成功之路有很多条，并非高考这一条。但这条路却是大多数人成才的必经之路，也是最稳当、最保险、最宽广的一条道路。最终高考的结果出来了，我考得不甚理想，只够上大专。当时我接到了炎黄技术职业学院的录取通知书，所选的专业也是第一志愿，是妈妈心中所理想的专业，也是她认为前途光明的专业。她希望我在炎黄学院好好学习，将来毕业了找个好单位好好地上班，再谈个好的对象好好地过日子……

现在我就读于淮安炎黄学院建筑工程系。我虽然学建筑工程，可是我没有忘掉我的心爱的文学，没有忘记我的文学梦，虽然它看上去是那么虚无缥缈，遥不可及。现在我的业余时间大都在读书、写作。我自幼酷爱读书，十四岁时开始练习写作，十五岁开始发表文章，到十八岁高中毕业时已写了近二十万字的散文、小说、诗歌。我的文章在很多报刊网站发表，你要想读我的文章就去榕树下和中国读书网，这两个网站我的文章最全……

坤仔，第一封信写得比较长，这是为了补偿那么长时间没写信给你的。但以后我再写信就会写短一点的，毕竟你还小，只有十岁，内容过于烦琐、冗长会让你产生阅读疲劳的。

好了，第一封信就写到这里，愿你永远快乐、健康成长，代我向你的爸爸、妈妈问好！

李将

二〇一〇年三月十七日

第四辑 文学梦

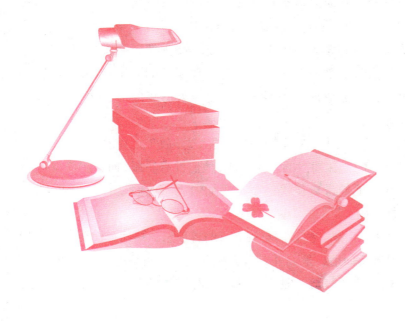

我心中的"一二·九"

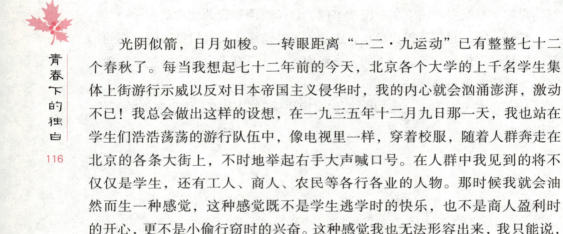

　　光阴似箭，日月如梭。一转眼距离"一二·九运动"已有整整七十二个春秋了。每当我想起七十二年前的今天，北京各个大学的上千名学生集体上街游行示威以反对日本帝国主义侵华时，我的内心就会汹涌澎湃，激动不已！我总会做出这样的设想，在一九三五年十二月九日那一天，我也站在学生们浩浩荡荡的游行队伍中，像电视里一样，穿着校服，随着人群奔走在北京的各条大街上，不时地举起右手大声喊口号。在人群中我见到的将不仅仅是学生，还有工人、商人、农民等各行各业的人物。那时候我就会油然而生一种感觉，这种感觉既不是学生逃学时的快乐，也不是商人盈利时的开心，更不是小偷行窃时的兴奋。这种感觉我也无法形容出来，我只能说，有了这种感觉，我就会热血沸腾，似乎有一种伟大的使命担负在我的肩上，亟待我去完成。这种感觉时时刻刻地触发着、影响着、激励着我。后来我终于明白这种感觉是什么——它，就是爱国情怀！

　　是爱国的力量使这些学生、工人、商人走上街头攥紧拳头进行抗议。他们赤手空拳，什么武器都没有，有的只是一颗赤诚的爱国之心。可是，他们却遭到了屠杀，血流成河，惨不忍睹。更令人悲哀的是，伤害他们的竟还是自己的同胞！

　　鲁迅先生说："真的勇士，敢于直面惨淡的人生，敢于正视淋漓的鲜血。"事实证明，他们都是勇士。在惨淡的人生面前，他们没有屈服，而是积极反抗；在淋漓的鲜血面前，他们没有畏惧，而是更加愤懑。他们是真正的勇士，也是真正的爱国英雄！

　　先生又说："强者愤怒，抽刃向更强者；弱者愤怒，却抽刃向更弱者。"在政府无情残酷的屠杀面前，他们并没有退缩和放弃，而是更加向前迈进，体现出了一副宁死不屈的气势。是啊，在国家与民族的危难面前，自己渺